Alberto Rivaroli

Buongiorno, buonasera, ti voglio bene

Un clown tra i ragazzi di strada

FABBRI EDITORI

I edizione Narrativa Fabbri Editori maggio 2006

ISBN 88-451-1287-X

A Patrizia, Cecilia, Carlotta
(in ordine di apparizione)

Ho scoperto chi fosse Miloud Oukili un paio d'anni fa, guardando la televisione: era ospite di Claudio Bisio a Zelig, *con alcuni dei ragazzi romeni ai quali ha insegnato l'arte del circo e l'importanza della dignità. Di lui, quella sera, mi è rimasta impressa una frase: "Sono andato a Bucarest per salvare i bambini, e invece sono loro che hanno salvato me."*

È nato così il desiderio di saperne di più e, in un secondo tempo, di raccontare la sua storia. Ho incontrato Miloud e le persone che lavorano con lui, ho camminato per Bucarest alla scoperta delle strade dove tutto è cominciato. È stato un viaggio appassionante, ma anche istruttivo, iniziato con una gran voglia di enfatizzare il racconto, e finito con il pudore di chi si rende conto che la realtà sa essere molto più spaventosa dell'immaginazione.

Che dire di un ragazzo che sognava di fare il clown e che nel 1992, a vent'anni, è partito per la Romania e – senza un soldo né amicizie importanti – è riuscito a crea-

re una fondazione capace di salvare centinaia di bambini che vivevano per la strada? Personalmente, al di là dei risultati ottenuti, trovo straordinario e invidiabile l'entusiasmo con cui Miloud vive ogni minuto della sua giornata: parla di Bucarest, dei suoi problemi, delle sue piccole vittime, eppure sembra un bambino euforico, appena tornato da EuroDisney.

È difficile non farsi conquistare da una persona così. Il peggior torto che si può fare a Miloud, però, è trattarlo come un eroe: una cosa che proprio non sopporta. Come ripete spesso, quello che fa lo fa soprattutto per sé. Molto meglio allora cancellare gli aggettivi melodrammatici e raccontare il più semplicemente possibile le storie di chi, grazie a questo buffo pagliaccio dal naso rosso, ha scoperto che la vita gli stava offrendo una seconda possibilità.

Ragazzi come Corina, la protagonista di questo romanzo.

Alberto Rivaroli

Bucarest, febbraio 2003

Le sorprese non mi piacciono. Anzi, le odio. Le sorprese vanno bene per chi ha voglia di scherzare, tempo da perdere e molta fiducia nel prossimo. Io invece non mi fido di nessuno, e non c'è modo migliore per farmi infuriare che usare quel tono misterioso che di solito anticipa un colpo di scena.

Sono fatta così, per me i regali migliori sono quelli senza pacchetto: li prendi, li guardi, dici grazie. Cinque secondi, senza tante storie. È più forte di me, una forma esasperata di autodifesa. Una volta non ero così, ma per sopravvivere ho dovuto imparare la prudenza; dopo sette anni per la strada, la normalità mi sembra un miracolo, e qualsiasi variazione sul tema mi terrorizza.

Ecco perché, quando qualcuno fa il vago, mi vien voglia di piantargli le unghie in faccia. A meno che non si tratti di Matteo, perché da lui non potrei mai aspettarmi un brutto scherzo.

Matteo, sua moglie Lucia, i figli Tommaso e Daniela: la mia famiglia italiana. Da quando ho lasciato la Romania per la prima volta, nel '98, ho girato molto: ho fatto parecchie esperienze, sono stata ospite di tante famiglie. In nessun posto, però, mi sono sentita a mio agio come a Mantova, a casa di Matteo.

Ci siamo conosciuti un anno e mezzo fa; pensavo di fermarmi per quindici giorni, e di non rivederli mai più. Ho fatto di tutto per rendermi insopportabile: ero acida, sgarbata, strafottente. Capitava spesso, in quel periodo: mi sentivo un fenomeno da baraccone, e provocavo i miei interlocutori per scoprire se, dietro la gentilezza di facciata, celavano i soliti pregiudizi. Matteo e gli altri, però, non avevano niente da nascondere, e la loro semplicità era disarmante. I giorni passavano e io, che aspettavo solo l'occasione per urlargli in faccia il mio disprezzo, mi sono resa conto che il loro calore era autentico. Che non mi giudicavano, neppure quando sbagliavo, ed erano dispiaciuti quando dovevo andarmene. Ecco perché non ci siamo mai più persi di vista, e il nostro rapporto è diventato sempre più profondo.

Soprattutto grazie a loro, oggi sono molto più rilassata; all'inizio, però, abituarsi all'Italia e agli italiani non è stato facile. Certi sguardi affilati mi facevano sentire come i miei connazionali che chiedono l'elemosina ai semafori. "Corina, te lo dovevi aspettare..." mi ripetevo cercando di stare calma. In effetti, cosa poteva pretendere una ragazza con una storia come la mia, un'artista di strada che conosce molto più la strada dell'arte?

In Italia non ci sono arrivata da clandestina: anzi, sono stata invitata, insieme ad alcuni dei miei compagni di sventura. Quelli che i giornali chiamano "i ragazzi di Bucarest": clown, acrobati, giocolieri, tutti con un passato difficile da raccontare e impossibile da dimenticare.

Nessuno di noi è venuto in Italia per restarci; anzi, spesso ripartire è stato un sollievo. L'incontro con le famiglie che dovevano ospitarci spesso si è rivelato un disastro, o almeno lo è stato per me. Anche nelle piccole cose della vita quotidiana, l'approccio con la nuova realtà era scioccante. Aprivo il frigo, e trovavo sei tipi di yogurt: che insulto alla miseria! E quando qualcuno, con aria disgustata, buttava via il latte scaduto la sera prima, mi veniva voglia di tirarlo fuori dalla spazzatura e di berlo davanti a tutti, per dispetto.

Lo so, sembrano particolari senza importanza, ma a me facevano l'effetto di una provocazione; la verità è che non riuscivo a credere che quella gente fosse davvero contenta che c'ero. E poi, cosa ancora più intollerabile, avevo la sensazione che questi estranei volessero qualcosa in cambio, che si aspettassero gratitudine e obbedienza solo perché si erano degnati di accogliere una povera ragazza romena.

L'idea di ospitarmi era stata di Matteo; il nostro primo incontro è avvenuto a Milano, dove la sua azienda ha una sede di rappresentanza, due mesi prima del mio arrivo a Mantova. Ci siamo incontrati lì. Io ero accompagnata da un educatore: ero nervosa, pronta ad attaccare briga, ma soprattutto terrorizzata. Mi ero immaginata di arrivare in un ufficio imponente e un po' grigio, e di trovare un uomo impettito, che mi avrebbe scrutato con sospetto alzando la testa da una scrivania piena di carte.

E invece... Quando la segretaria ci ha fatto entrare, ad aspettarci c'era un omone di circa quarantacinque anni, in scarpe da tennis e jeans, che rideva parlando al telefono; mi ha spiegato poi che stava prendendo in giro un amico per il risultato di una partita di calcio. Non appena mi ha visto, ha riappeso e mi è venuto incontro sorridendo. Due parole, e mi sono ritrovata con una tazza di tè in mano, davanti a quest'uomo cordiale e un po' buffo. La situazione era imbarazzante da morire;

eppure, non so perché, il suo modo di fare mi ha dato tranquillità.

Dev'essere un dono di natura, la capacità di infondere calma a chi ti sta davanti. Matteo è così: tu lo provochi, e lui sorride. E alla fine, anche se non sei d'accordo con quello che dice, non riesci ad avercela con lui.

Oggi sono molto cambiata, e un po' mi vergogno dei miei capricci di allora. Eppure, quando al telefono mi ha chiesto di andarlo a trovare per parlare di un "progetto interessante", mi sono sentita un brivido lungo la schiena. Tempo fa avrei reagito male, chiedendo a muso duro di cosa si trattava, ma ormai ho imparato a controllarmi. Però quel mistero mi ha tormentato per giorni, e quando finalmente ci siamo ritrovati faccia a faccia, non ho resistito alla tentazione di chiedergli spiegazioni.

«Ti ricordi Franca, la mia segretaria? Ha deciso di andare in pensione: ha tre nipotini, ormai, e dice che vuole goderseli un po'. Fra due mesi lascia l'ufficio.»

Non riuscivo a capire cosa c'entrava con me, ma sono stata al gioco. «Era molto che lavorava qui, vero?»

«Una vita. L'ho assunta diciotto anni fa, ormai

era diventata una di famiglia. Non sarà facile sostituirla...»

«Capisco. Cosa pensi di fare? Hai fatto qualche colloquio? Pensi di mettere un'inserzione sui giornali?»

«No, non ancora. Vedi, Corina... Mi piacerebbe che al suo posto venissi tu.»

«Io? Ma come, io...»

«Ormai te la cavi piuttosto bene con l'italiano, e Franca sarebbe disposta ad affiancarti per i primi tempi. Sai, per insegnarti i trucchi del mestiere...»

«Ma come faccio? Non ho neppure una casa...» ho risposto, cercando di prendere tempo con la prima scusa che mi è venuta in mente.

«Non è un problema» ha continuato Matteo. «Tommaso ha deciso di trasferirsi a Londra per un po'. Sai, vuole imparare bene la lingua. Starà via sei mesi, forse un anno: la sua camera è lì, pronta per te. Ne abbiamo parlato molto, in famiglia: saremmo tutti felici, se venissi a stare con noi. In fondo lo dici sempre anche tu, che ti senti a casa... Comunque, se preferisci, dopo un po' puoi cercarti un appartamento tutto tuo.»

«Matteo, non so cosa dire...»

«Non ti agitare» ha sorriso, facendomi sentire un po' stupida. «Non è il caso. Vedi, quando Franca ha detto che pensava di andarsene, mi è sembrato un segno del destino. Il lavoro non è complicato, e una ragazza in gamba come te lo impara in un mese. Lo stipendio non è altissimo, ma in compenso non devi pagare l'affitto!»

Mi ci sono voluti almeno dieci secondi per capire che era una battuta.

«Ma il mio lavoro con la fondazione...»

«Con loro ho già parlato, e non mi sembra che abbiano obiezioni, anzi. Stavolta però conta soprattutto quello che pensi tu. Non sei più una ragazzina, Corina. Puoi benissimo decidere da sola; anzi, devi. Sono davvero convinto che sei perfetta per questo lavoro, e credo che ti aiuterebbe moltissimo a chiudere una volta per tutte con il passato.»

«Ma a Bucarest c'è ancora molto da fare, io...»

«Non c'è niente di male a sfruttare una buona occasione, quando capita. Anzi, il modo migliore per ringraziare le persone che ti hanno aiutato finora è dimostrare che puoi farcela anche senza di loro.»

«Non so che dire...»

«Capisco come ti senti. Ti chiedo solo di pensarci su, senza fretta. Se accetti sono felice, altrimenti non cambia niente.»

«Non ho mai pensato di poter vivere lontano da casa… Ho bisogno di tempo, devo riflettere.»

«Certo, certo, non c'è fretta, possiamo riparlarne quando vuoi. È tardi, Lucia sarà preoccupata: è da ieri sera che cucina. Spero che tu abbia molta fame…»

Magari: mi sentivo lo stomaco bloccato come se avessi ingoiato una pietra. Probabilmente non mi sarei calmata neppure tornando a Bucarest a piedi; tanto valeva affrontare la serata.

La cena è stata uno strazio. Le parole di Matteo mi rimbombavano nella testa, mi sentivo persa. Cercavo in un modo o nell'altro di partecipare alla conversazione, ma era evidente che stavo pensando ad altro. «Scusate, stanotte ho dormito poco, ero nervosa per il viaggio…» Matteo ha capito benissimo, ma ha fatto finta di niente, come gli altri. Poi, grazie al cielo, è venuta l'ora di andare a dormire: ho salutato tutti, perché la mattina dopo dovevo uscire molto presto, e non volevo costringerli a una levataccia. Prima di chiudermi in camera con i miei pensieri, però, ho bussato allo studio di Matteo.

«Scusami, stasera sono stata insopportabile. E anche la mia reazione di prima… Non vorrei sembrare un'ingrata: è che ho avuto paura…»

«Non dire sciocchezze, Corina, e soprattutto non sentirti sotto pressione.»

«Sì, ma tu hai bisogno di una segretaria, e io non voglio farti perdere tempo. E poi mi conosco, non mi sentirò tranquilla finché non ti avrò risposto. Facciamo così: tra un mese ti dico che cosa ho deciso.»

«Per me va benissimo. Buonanotte, Corina.»

I giorni sono corsi veloci, e non mi è rimasto molto tempo per pensare al mio futuro. Appena salita sull'aereo per Bucarest, però, ho cominciato ad agitarmi.

Entro pochi giorni dovrò decidere se cambiare vita, ricominciando tutto da capo. E, per quanti consigli possa chiedere, la decisione stavolta spetta solo a me. È vero: non posso più comportarmi come un'adolescente sotto tutela. Il motivo della mia ansia però è un altro. Anche se la cosa mi sorprende e mi turba, sento che la proposta di Matteo, oltre a spaventarmi, mi ha eccitato.

Una vita nuova, lontano da Bucarest: ecco qualcosa che non avevo mai considerato seriamente, un lusso che non credevo di potermi permettere. Già sembrava un miracolo aver ricucito in qualche modo le ferite. E invece adesso mi basta dire sì per trovarmi in un Paese nuovo, dove potrò fare quello che voglio senza che nessuno mi rinfacci il mio passato.

È davvero questo che desidero? Eppure, dopo aver incontrato Miloud, ho sempre voluto stare accanto a lui. All'inizio il mio contributo era minimo: Miloud mi diceva di pensare a studiare. A me però non bastava. L'indifferenza del mondo mi aveva quasi ucciso, e adesso che mi sentivo finalmente rinata volevo dare una mano, togliere dalla strada altri bambini come me. Potevo essergli utile: sapevo quanti erano, dove si nascondevano, conoscevo i loro nomi e le loro storie. E soprattutto avevo la loro fiducia e il loro rispetto. Con il passare dei mesi, mi sono appassionata: lavorare mi faceva sentire viva, utile. Le strade e i canali di Bucarest, da cui avevo disperatamente sognato di fuggire, adesso erano la mia meta quotidiana.

All'inizio provavo una sensazione indescrivibile: anche se ogni tanto la disperazione mi prendeva alla gola, riuscivo a dominarla, a pensare ai sogni che avrei potuto realizzare. Se qualcuno mi suggeriva di prendermi un giorno di riposo, mi arrabbiavo, la consideravo una mancanza di rispetto: avrei voluto fare tutto io, essere indispensabile.

Oggi, naturalmente, sono diversa. Avevo quattordici anni quando ho incontrato Miloud, ora ne ho venticinque e la mia vita apparentemente non ha più nulla di drammatico. Ho una casa, ho finito il liceo, mi sono iscritta all'università.

Bucarest ormai è casa mia, non la sento più come un mostro enorme e ostile; in certi momenti penso perfino di averle perdonato tutto.

Altre volte però temo che certe paure non se ne andranno mai. I tombini, gli angoli bui, i bidoni della spazzatura: sempre quelli, negli stessi posti... Riuscirò mai a sentirmi serena in questa città? A volte mi sembra che tutto – case, lampioni, vetrine – sia qui per ridere di me e dei miei sogni di normalità. Che pena, passare davanti a un negozio, e riconoscere l'uomo che anni fa mi ha preso a calci perché chiedevo una moneta. Sono attimi come questo che mi buttano a terra. Per superarli, ho sempre cercato di pensare al presente, ai tanti progetti che ho in testa.

In certi giorni però la prospettiva di una vita nuova mi sembra irresistibile. Fino a oggi ho cercato di far finta di niente, riversando nella vita quotidiana l'entusiasmo dei miei viaggi. Ma questa proposta ha liberato dentro di me qualcosa di prepotente. Cambiare tutto, lavorare all'estero, scoprire il mondo: perché dovrebbe essere un tradimento? No, Matteo ha ragione, è un segno del destino. Mai come oggi mi è sembrata entusiasmante la prospettiva di frequentare persone nuove che non potranno ferirmi né compatirmi: gente che non sa come ho fatto a perdermi per le strade di Bucarest, e a rinascere grazie a un clown dal naso rosso.

Capitolo 1

Credeva di essere furbo, Ivan. A scuola ci andava un giorno ogni dieci, e passava il tempo gironzolando, senza far niente. Rideva degli amici che perdevano tempo sui banchi, e intanto ha cominciato a rubacchiare. Quando l'hanno arrestato e portato al riformatorio, però, la voglia di fare il furbo gli è passata di colpo: lì non si scherza. Per chi non riga diritto, trattamento speciale: la frusta rende tutti molto più ragionevoli...

I ragazzi della scuola media di Costanza (è il nome di un paese, non solo di una donna) ascoltano a bocca aperta. Per catturare l'attenzione degli allievi, e ottenere disciplina, il maestro fa il gioco pesante, raccontando storie sinistre di ex studenti finiti male.

Il trucco funziona: la scolaresca sembra colpita. Qualcuno si spaventa e giura a se stesso di comportarsi sempre bene; altri cercano di tranquillizzarsi pensando che a loro, comunque, non potrebbe mai succedere niente del genere. Certe cose capitano a chi nasce con un destino maledetto già cucito sulla pelle, non alle persone normali…

C'è anche chi resta del tutto indifferente. Dal suo banco in terza fila, Corina ascolta annoiata. Non ha bisogno dei racconti del maestro per farsi venire i brividi: le basta la sua vita di tutti i giorni. Che cosa può esserci di peggio? La casa è ogni giorno più fredda, e in tavola quando va bene ci sono un po' di zuppa e qualche patata bollita. I suoi non si parlano quasi più, sono nervosi: il suo patrigno beve e picchia sua madre, e sua madre picchia lei. È una donna distrutta e violenta: basta che la figlia torni a casa con cinque minuti di ritardo, o dica una parola di troppo, e subito scatena l'ennesima scenata a base di schiaffi, insulti e maledizioni. Corina non ce la fa più. Ogni giorno si ritrova a singhiozzare in qualche angolo della casa, con un occhio gonfio o un labbro sanguinante; la cosa peggiore, però, molto più dolorosa dei lividi, sono gli sguardi dei professori e dei compagni di scuola. Sanno benissimo cosa sta succedendo a casa sua e quando la incontrano abbassano gli occhi. Essere nei guai è orribile, ma il fatto che tutti lo sappiano ti fa sentire veramente uno schifo. Meglio inventarsi malori inesistenti, allora, e scappare via il più presto possibile. Tanto dopo un po', della sua assenza non si accorge più nessuno, anche perché il suo non è un caso isolato: di famiglie a pezzi ce ne sono parecchie, e ognuno pensa ai fatti propri. Corina si allontana sempre più spesso da scuola, per nascondersi da qualche parte con Mariana, la sua compagna di banco, l'unica persona con cui riesce a confidarsi. Facile aver fiducia in una ragazza così, che di problemi familiari è una vera esperta: il padre è scappato di casa quando lei aveva tre anni, lasciando moglie e quattro figli. Se non sono morti di fame è stato un miracolo: il fratello maggiore ad appena sedici anni ha trovato un lavoro e in un modo o nell'altro la famiglia è riuscita ad andare avanti.

Per Corina confidarsi con Mariana è una specie di terapia: le parla per ore, immagina un futuro diverso, cerca di non cedere allo sconforto. Ma ha solo tredici anni e, quando arriva la sera, non può fare altro che tornare a casa, a chiedersi perché sua madre la picchia a sangue e le grida: "Puttana, è tutta colpa tua."

Nella Romania del 1978, venire al mondo in un villaggio di campagna non è un buon punto di partenza. Se poi sei femmina, le cose si complicano: in una struttura sociale che ricorda il Medioevo, avere una bambina è considerata un'occasione perduta.

Corina nasce alle porte di Costanza, nello stesso squallido paesino dove sua madre Maria ha imparato sulla propria pelle quando può essere dura la vita. Alla morte del padre, Maria ha quattordici anni e si ritrova da un giorno all'altro in un orfanotrofio: a casa non ci sono abbastanza soldi per mantenere lei e i suoi cinque fratelli, e chi non può lavorare se ne deve andare. In Romania, in questo periodo, non è così strano mandare in istituto i figli che non si riesce a sfamare. Ma se la famiglia in qualche modo risolve i suoi problemi, per i ragazzi la vita diventa un incubo.

Le strutture di accoglienza sono spaventose, incapaci di svolgere un ruolo educativo: conta solo la disciplina, imposta con sadismo e ottusità, come se gli ospiti avessero qualche peccato da scontare. Nonostante tutto, però, tra i più grandi regna un'imprevedibile promiscuità sessuale, che i sorveglianti tollerano in cambio di denaro o altri "favori" da parte delle ragazze. A diciotto anni Maria scopre di essere incinta. Il padre del bambino sparisce, e lei cerca di interrompere la gravidanza; l'aborto in Romania però è illegale, e così per raggiungere il suo scopo non le resta che imbottirsi di medicine. Tutto inutile:

nonostante crisi terribili e dolori lancinanti, non riesce nell'intento. La creatura che ha in grembo è destinata a venire alla luce. Nell'orfanotrofio non c'è spazio per ragazze madri. Subito dopo la nascita, la piccolissima Corina viene affidata a sua volta a un istituto dove resta sette anni: un periodo terribile.

Più del freddo, del cibo orrendo, delle botte, a lasciare il segno è la mancanza d'affetto: gli educatori non sono altro che aguzzini. L'indifferenza è l'unica risposta alle richieste d'aiuto dei bambini, alla loro voglia di giocare ed essere coccolati. I sorveglianti cambiano atteggiamento solo quando arrivano in visita i familiari dei bambini o qualche piccolo burocrate locale: in queste occasioni le carezze e i sorrisi di circostanza si sprecano. Dopo un'ora, però, smettono di recitare, rubano ai bambini i regali portati dalle famiglie e riempiono di botte chi osa protestare.

L'unica persona che si preoccupa di Corina è la nonna, che va a trovarla ogni mese, le porta dolci e regali, gioca un po' con lei. Sono questi gli unici momenti in cui la piccola sente un po' di calore; e se bambole e cioccolatini vengono rubati, la sensazione di avere una famiglia nessuno può portargliela via. Dura poco, un'ora al mese, ma in quell'inferno può fare comunque la differenza.

Poi, un giorno di novembre del 1985, la nonna si presenta con due ragazzi sui venticinque anni: una donna bruna dall'aria stanca e un uomo basso e massiccio, con un'aria molto seria.

Corina li guarda con espressione interrogativa, senza mostrare particolare emozione. Non ha ancora capito che quella ragazza con le lacrime agli occhi è sua madre, Maria, accompagnata dal marito. Del resto la bambina ha sette anni, ma ne dimostra quattro: priva da sempre di qualsiasi stimolo, denutrita e penosamente abbandonata a se stessa, parla pochissimo, passa le giornate con un dito in bocca e l'aria assente.

Maria abbraccia forte la figlia, piange, vorrebbe raccontarle un sacco di cose, ma la nonna la blocca: inutile parlare adesso, la bambina non è in grado di capire. Meglio stringerla tra le braccia in silenzio, avvolgerla in una coperta e andare a casa. Dopo duemilacinquecento giorni, per Corina l'orfanotrofio diventa solo un ricordo.

Più o meno un anno dopo la nascita di Corina, Maria scappa dall'istituto. Trova un lavoro come cameriera in un bar e torna a casa: visto che è in grado di mantenersi e dare una mano, nessuno ha niente da ridire. La situazione però non è allegra: i fratelli hanno saputo della sua gravidanza e la insultano in continuazione. A volte la picchiano. Il lavoro è precario e mal pagato, e Maria è consapevole che da un giorno all'altro potrebbe ritrovarsi in mezzo alla strada. A lei, come a molte altre ragazze nelle sue condizioni, resta solo una possibilità: trovare marito. È una ragazza carina, e al bar dove lavora i corteggiatori non le mancano: si tratta di aspettare e scegliere quello giusto. Quando incontra Florin, il gioco è fatto: sembra un bravo ragazzo, ha una casa e un lavoro. I due cominciano a vedersi con regolarità, e dopo qualche mese arriva puntuale la proposta di matrimonio: la risposta è quasi scontata. Maria dice sì, si trasferisce a casa di Florin e comincia un'esistenza tutto sommato serena. Sulla tranquillità della vita coniugale incombe però un segreto molto ingombrante. Florin ignora l'esistenza di Corina: preoccupata per la sua reazione, Maria gliel'ha tenuta nascosta. Le serviva un marito, e per averlo era disposta a tutto. E poi, in fondo, di Corina non le interessa granché: è piccola, ha sempre vissuto in istituto, può continuare a starci anche adesso.

Sua madre però la accusa di egoismo, grida che Corina ha bisogno di lei, che non può restare a marcire in quella specie di lager. Maria non cede.

Di notte non riesce a chiudere occhio, pensando alla reazione che Florin potrebbe avere di fronte alla verità. Già è stata dura fargli digerire il fatto di non essere vergine, figuriamoci il resto. Maria è terrorizzata; eppure, di tanto in tanto, l'idea della sua bambina rinchiusa a pochi chilometri di distanza le dà una fitta al cuore. Si sente soffocare, stretta tra i rimproveri della madre e i progetti del marito.

Già, perché l'atteggiamento di Florin, totalmente inconsapevole della situazione, complica terribilmente le cose. L'uomo vuole un figlio a tutti i costi, e la ritrosia della moglie proprio non gli va giù: Maria dice che vuole aspettare, che le piace la vita a due, che è contenta di potersi dedicare solo a lui, ma perfino un tipo ingenuo come Florin comincia a sospettare che ci sia qualcosa sotto. Gli manca però il coraggio di affrontare Maria: la ragazza ha un carattere troppo più forte del suo. Così, con il passare del tempo, di figli non si parla più, ma l'argomento s'infila come un cuneo fra gli sposi, rendendoli ogni giorno più distanti e ostili. Finché, un giorno, rincasando in anticipo, Florin trova la moglie in lacrime, stremata dall'ennesima discussione con sua madre. Colta di sorpresa, Maria confessa tutto. La reazione di Florin la sorprende: lui esce di casa, senza una parola. Il dolore, la rabbia, l'improvvisa consapevolezza di essere stato preso in giro per anni implodono con effetti devastanti. Seduto nel bar dove ha conosciuto Maria, si ubriaca fino quasi a perdere conoscenza.

Ora che il segreto è stato svelato, anche Florin deve fare i conti con l'esistenza di Corina. La rabbia dell'uomo, destinata a esplodere in modo brutale verso la moglie, non coinvolge subito la bambina. Anzi, quando la suocera si azzarda a toccare l'argomento per pregarlo di accogliere la bimba in casa, contro ogni aspettativa l'uomo accetta e dopo qualche giorno si presenta all'orfanotrofio insieme alla moglie, per riportare a casa la figliastra.

Arrivata nella sua nuova casa, Corina non trova solo stanze calde e cibo migliore, ma anche un clima avvelenato. Il contatto quotidiano con la nonna e la madre di certo le fa bene: dopo tanto tempo sprecato, può cominciare a leggere, a parlare, insomma, a crescere. Con lei Florin non è cattivo, ma perfino una bambina può intuire la rabbia che cova dentro. Giorno dopo giorno, l'uomo combatte una guerra persa in partenza, imponendosi di odiare la donna di cui in realtà è ancora innamorato. Quando però i sentimenti sembrano riprendere il sopravvento, li reprime con improvvisi scatti di collera. In casa la tensione è altissima, e Florin mostra sempre più spesso il suo lato peggiore. Ogni giorno rinfaccia a Maria il suo "tradimento", e alle parole quasi sempre seguono gli schiaffi.

Ad amplificare la rabbia del marito ingannato c'è l'alcol: le sbronze sono ormai un'abitudine, e a farne le spese non può essere che Maria. Si era illusa di cominciare una nuova vita, libera finalmente dal peso che le stava togliendo il respiro, ma ora capisce che il suo uomo gliela farà pagare cara. In una situazione del genere, anche Corina è destinata a passare le pene dell'inferno. Per una beffa del destino, a farla soffrire è soprattutto sua madre: Florin con lei sembra controllarsi, almeno all'inizio. Maria invece non regge la tensione e restituisce alla figlia le botte e le umiliazioni appena subite. "Maledetta, maledetta, è tutta colpa tua!" grida alla bambina che la guarda incredula e terrorizzata.

"Se mi odiano tanto, perché sono venuti a prendermi in orfanotrofio? Perché non mi ci riportano?" si chiede Corina piangendo. Domande semplici, che richiederebbero risposte troppo complicate per una bambina. Corina non può sapere che Florin e Maria in pratica l'hanno rapita: avevano chiesto alla direzione di poter ospitare la bambina per qualche giorno, e invece non l'hanno più riportata. Maria aveva paura di grane, visto che anche lei era scappata dall'orfanotrofio e temeva di essere stata schedata. E sa perfettamente che in Romania, anche a proposito di orfanotrofi, la burocrazia spesso è soffocante in teoria e nulla in pratica. Se porti via una bimba dall'istituto, è probabile che nessuno se ne curi: tanto meglio, una bocca in meno da sfamare. Di riportarla indietro però non se ne parla neppure.

Di tutto questo, naturalmente, Corina non sa nulla. Si aggrappa all'unica via d'uscita: la scuola. Studiare le piace, e sui libri impara a scoprire un mondo diverso da quello grigio e squallido conosciuto finora. Pochi mesi fuori dall'orfanotrofio, e quella che sembrava una piccola ritardata si trasforma in una scolaretta modello che conquista voti altissimi. Ma non c'è voto che tenga: a casa l'aspettano comunque urla e schiaffi.

Capitolo 2

"Devi scappare di casa, oppure un giorno di questi ti ammazzeranno di botte." Corina se l'è sentito ripetere molte volte, nel corso degli anni passati a casa. Il più delle volte era sua nonna a metterla in guardia; in altri casi erano i compagni di scuola, i bidelli, qualche vicino di casa che la incrociava in cortile o nei negozi della zona. Per quanto ferita e umiliata, la ragazza non aveva mai dato retta a nessuno: abbassando gli occhi, si era sempre rifiutata di affrontare il problema. Adesso però a darle lo stesso disperato consiglio è il suo maestro preferito, quello che adora e che tanto le ha insegnato.

Dopo aver parlato con lui, Corina capisce che non le resta altra scelta. Deve ammettere qualcosa che sembrava impossibile: gli anni in famiglia sono stati più orribili di quelli in orfanotrofio. Certo, l'istituto era squallido, ma i sorveglianti la picchiavano meno di sua madre; e poi i soprusi fanno più male se a infliggerli sono le persone che dovrebbero amarti.

Schiacciata tra il rancore sordo del patrigno, ormai in balia dell'alcol, e l'esasperazione della madre, incapace di gestire i problemi che ha creato, Corina si sente in trappola. Sfuggire a quell'incubo quotidiano è impossibile. Non basta studiare e prendere buoni voti, ammazzarsi di lavoro in casa ed evitare ogni discussione: c'è sempre un pretesto per umiliarla e massacrarla di botte. Il pavimento non è abbastanza pulito? Sua madre la prende a sberle, la spinge sotto la doccia e la tiene sotto l'acqua gelata. Torna da scuola con cinque minuti di ritardo? Piovono altre botte e Corina, anche in pieno inverno, si ritrova prigioniera sul balcone, senza cappotto: può passare anche un'ora prima di essere riammessa in casa.

Impotenti o indifferenti, i vicini assistono a questa barbarie, ma nessuno interviene: Florin ormai ha una brutta reputazione, alza le mani per un nonnulla, e nessuno vuole andarci di mezzo.

A Corina però fa più paura la madre, ormai sull'orlo del crollo nervoso. "Nella vita tu potrai fare una cosa soltanto: la puttana!" le sibila con disprezzo tra un pestaggio e l'altro. A volte, finché riesce a non farsi prendere dal panico, Corina prova pena per quello spettro di donna che si vendica della vita in quel modo abietto. Si rende conto che anche Maria in fondo è una vittima, un rottame di trent'anni che ne dimostra cinquanta. Quando però la madre la travolge con la sua rabbia malata, picchiando e gridando come una furia, Corina trema per il terrore, e ha davvero paura di morire.

Quando un giorno Maria minaccia di buttarla sul marciapiede, per costringerla a chiedere l'elemosina e "guadagnarsi da vivere", la ragazzina capisce che non può più aspettare: l'idea di scappare nasce così, per puro istinto di sopravvivenza. A volte ha pensato di chiedere aiuto, ma non trova il coraggio di rivolgersi alla polizia: teme di non essere creduta, e la reazione di Florin la terrorizza. E poi, se anche dovessero crederle, la rispedirebbero in orfanotrofio... No, resta solo una cosa da fare: fuggire.

Corina non riuscirebbe mai a farlo da sola, ma giorno dopo giorno si rende conto di poter contare sull'aiuto di Mariana, l'amica del cuore.

«Hai ragione, Corina, dobbiamo sparire da Costanza. Anche per me tira una brutta aria: l'uomo di mia madre continua a mettermi le mani addosso, e non so quanto potrò resistere ancora. Devo filarmela anch'io, e alla svelta.»

«Ma come facciamo? Dove andiamo? Non abbiamo un soldo...»

«Piano, piano. Forse un sistema c'è. Un amico di mio zio ogni settimana va a Bucarest per lavoro, in treno. Forse riesco a convincerlo a portarci con lui: potrei dirgli che vogliamo fare una gita, cosa vuoi che gliene importi...

«Se arriviamo là, il più è fatto; in una grande città, è facile conoscere gente, e trovare qualcosa da fare. Nessuno ti chiede da dove vieni, quanti anni hai.»

«Non lo so, forse...»

«Non c'è tempo da perdere: cerchiamo di racimolare più soldi possibile. E, mi raccomando, nessuno deve sospettare che stiamo per scappare, altrimenti è finita.»

Agitatissima, Corina torna a casa. A cena non apre bocca, e poi corre subito a letto: ha molte cose a cui pensare. I soldi, l'amico di Mariana, la valigia, Bucarest. Forse c'è davvero un modo per riprendersi la vita.

Nei giorni successivi, studiano con cura un piano di fuga. Il primo problema sono i soldi: anche ammesso che l'amico di Mariana paghi il biglietto (e Corina non capisce perché dovrebbe farlo), bisogna procurarsi un po' di denaro per sopravvivere a Bucarest. E poi occorre agire rapidamente, per non dare nell'occhio: due bambine con una valigia in mano potrebbero attirare l'attenzione di qualche conoscente o, peggio ancora, dei poliziotti.

Visto che la casa di Mariana è abbastanza vicina alla stazione, le amiche decidono di usarla come deposito. Ogni giorno Corina, uscendo, infila nella borsa un paio di scarpe, una maglietta, un pullover; poi, dopo la scuola, li consegna all'amica perché li nasconda in camera sua. La valigia, almeno quella, non è un problema: Mariana ne ha due a casa, e può prestargliene una.

Alle fuggiasche resta però poco tempo, e alla fine decidono di lasciare Costanza di lì a due giorni. L'appuntamento con Mariana è alla stazione, alle nove del mattino del 20 settembre 1991.

Man mano che il gran giorno si avvicina, l'attesa diventa sempre più insopportabile. Corina resta a casa il meno possibile, terrorizzata com'è che la madre intuisca le sue intenzioni. Mangia di fretta, con gli occhi fissi nel piatto, e appena può si nasconde in camera; nessuno si interessa a lei e, per una volta, questo le fa comodo. Eppure... Anche se non vede l'ora di andarsene, sente una morsa alla gola: tutto questo è troppo per una bambina che avrebbe voluto soltanto essere amata, coccolata, protetta. E invece, è costretta a scappare dalla sua stessa madre. Già, sua madre: Corina avrebbe la tentazione di lasciarle un biglietto, per dirle quanto male le ha fatto, ma poi rinuncia. Sarebbe troppo penoso, non ce la fa. In fondo, le restano solo poche ore da passare in quella casa maledetta: questo è l'importante, al resto non vuole pensarci più.

L'ultima notte, l'alba sembra non arrivare mai. Corina non riesce a chiudere occhio, ma la notte è ugualmente piena di incubi: ha il terrore di farsi sorprendere. Immagina Mariana da sola sul treno, verso la libertà, mentre per lei continua quella vita spaventosa.

Infine, è giorno. Corina si alza: sua madre è in un'altra stanza, sta rifacendo i letti. Si veste, prende la borsa ed esce per andare a fare la spesa: è il momento. Corina apre il cassetto dove sa di trovare i soldi; è il denaro che Florin dà alla moglie ogni settimana, per fare la spesa e pagare le bollette. Arraffa quello che trova, senza neppure vedere quant'è, e se lo ficca in tasca. Poi prende il giubbino e scappa fuori. Ce l'ha fatta. Corre per qualche centinaio di metri, poi si ferma e conta il denaro: più di quanto ne abbia mai visto in vita sua. È eccitata, terrorizzata: si infila qualche banconota in tasca, e mette il resto in fondo alla borsa. Quasi in lacrime, arriva a casa di Mariana: l'amica è già lì, con le valige in mano.

«Com'è andata? Hai preso i soldi?»

«Sì, sì, sono tantissimi!»

«Meno male, perché io non sono riuscita a combinare niente: stamattina mia madre mi stava sempre appiccicata...»

«Non ti preoccupare, ce n'è per tutte e due. Dov'è l'amico di tuo zio?»

«Ci aspetta alla stazione. Andiamo.»

Cercando di non dare nell'occhio, scegliendo sempre le strade meno affollate, in un quarto d'ora arrivano a destinazione. Ecco l'uomo: è quello con i biglietti in mano, davanti ai vagoni di seconda classe. Un tipo grassoccio, con uno sguardo strano e un sorriso sgradevole. E poi, il bacio che dà a Mariana le fa venire i brividi... A Corina quell'amico non piace, ma capisce che non è proprio il caso di fare la difficile. Da un momento all'altro sua madre scoprirà il furto e comincerà a cercarla per tirarle il collo...

Quando il treno si muove, però, la verità salta fuori.

«Be', in effetti... Vedi, Corina, in realtà quello non è proprio un amico» confessa Mariana. «Diciamo che mi fa la corte.»

«Ma avrà cinquant'anni!»

«Lascia perdere, è una storia troppo complicata. L'importante è che ha pagato i biglietti...»

Corina comincia a sospettare qualcosa.

«Non ha la faccia di un benefattore. Cosa gli hai detto?»

«Ecco, vedi...» Il sorriso nervoso dell'amica non promette niente di buono. «Lui pensa che, appena arrivate a Bucarest, andiamo a casa sua...»

«Cosa?» Corina si sente avvampare. «Con quel porco? Ma stai scherzando!»

«Calma, calma, ho già pensato a tutto. Dobbiamo scendere prima che il treno arrivi a Bucarest, senza che lui se ne accorga.»

«Ma come facciamo? Se ci scopre, chissà cosa succede. E poi, la valigia...»

La voce di Mariana, all'improvviso, si fa tagliente.

«Ma che cosa credevi, cretina? Che arrivasse l'angelo custode e ti portasse nel mondo delle fate? I favori costano, e se non li vuoi pagare devi farti furba. Infila quello che puoi nella borsa, e il resto lascialo qui. Se arrivi a Bucarest, dopo dieci minuti ti ritrovi in camera con lui. Allora, cosa decidi?»

Corina è allibita, ma non c'è tempo per discutere. Mariana ha ragione: a questo punto, non resta altro da fare. Le ragazze aspettano che il loro compagno di viaggio vada in bagno, poi aprono le valige, infilano precipitosamente le cose più importanti nella borsa, e aspettano il momento buono per sparire. Corina prende la forma di pane rubata in cucina poche ore prima, qualche vestito e un paio di libri di scuola, quelli che non ha avuto il coraggio di abbandonare. Poi, fingendo una curiosità da bambina, comincia ad andare su e giù per i vagoni, nervosamente. L'amico di Mariana, fortunatamente, si addormenta di un sonno pesante; quando il treno arriva alle porte di Bucarest, russa ancora. Mariana e Corina scivolano fuori dallo scompartimento, scendono, si nascondono aspettando con il cuore in gola che il treno riparta. Cigolando, con una lentezza insopportabile, le ruote si rimettono in movimento. Corina si siede per terra, con le lacrime agli occhi: la tensione la fa tremare come una foglia. È arrabbiata con l'amica, ma non riesce a tenerle il muso. L'abbraccia, e comincia a camminare accanto a lei. Il treno successivo è dopo tre ore, ma non hanno voglia di aspettarlo: è troppa la paura di trovare quel porco alla stazione. Sarà inferocito... E, poi, per arrivare a Bucarest ci sono solo cinque chilometri: tanto vale farseli a piedi.

Capitolo 3

Eccola, la città tanto immaginata. Bucarest, conosciuta attraverso i libri di scuola e le definizioni da cartolina: la città del Danubio, delle chiese bizantine e del presidente Ceausescu. Una metropoli che mette in soggezione le nuove arrivate, come se i suoi due milioni di abitanti aspettassero al varco, per squadrarle con sospetto. Non è così, naturalmente: illuminata dai fari delle macchine in colonna, spazzata dal vento e dalla pioggia, Bucarest non sembra curarsi affatto delle fuggiasche e del loro stato d'animo.

Corina è stanca, e comincia a preoccuparsi: Mariana le aveva assicurato che avrebbero trovato ospitalità dall'amico dello zio, ma ora... Ci sarà un albergo disposto ad accogliere due ragazzine come loro, senza fare troppe domande? Quanto costerà una stanza?

La pace con Mariana è stata siglata durante il cammino, e adesso Corina è di nuovo disposta a condividere con lei il peso dei suoi pensieri.

«Sono distrutta. Cosa facciamo adesso?»

«Per stasera ci dobbiamo arrangiare: cerchiamo una pensione o qualcosa del genere, giusto per non stare in strada. Poi, domattina, andiamo a trovare un'amica di mia madre: magari riusciamo a convincerla a ospitarci per qualche giorno.»

Corina annuisce, non ha la forza di fare altro. Va bene tutto, basta che sia domani; adesso ha solo bisogno di dormire. Comincia a guardarsi intorno: questa dev'essere la periferia della città. Qui gli alberghi non dovrebbero essere cari. Mariana s'incarica di trattare: dopo un paio di rifiuti, finalmente ottiene una camera. Brutta, piccola, squallida, ma comunque una stanza. Corina fa appena in tempo a lavarsi un po' e a togliersi le scarpe; poi crolla sul letto e si addormenta, ancora con i vestiti addosso. Costanza sembra lontana mille anni.

La luce del giorno. Le scarpe abbandonate in mezzo alla stanza. Il letto di Mariana, vuoto. Immagini confuse, le prime che Corina percepisce riaprendo gli occhi. Quanto ha dormito? Non lo sa: chissà dove ha appoggiato l'orologio, ieri sera. Di certo le serve ancora qualche minuto, prima di ricominciare a pensare. Ci vuole una doccia, prima di affrontare la prima giornata da cittadina di Bucarest. Chissà se quella trafficona della sua amica è già andata a telefonare.

Solo un quarto d'ora dopo, avvolta in un asciugamano bagnato, Corina si siede sul letto e capisce che di Mariana, nella stanza, non c'è più traccia. Prendendosi la testa tra le mani, Corina si volta d'istinto a cercare con gli occhi la borsa. La cerniera è aperta, la busta con i soldi sparita: Mariana sapeva benissimo dov'era il denaro, era stata proprio Corina a confidarglielo. Che stupida...

Mette una mano nella tasca dei jeans; quelli, per fortuna, li ha tenuti addosso tutta la notte, e Mariana non ha potuto frugarci dentro. I soldi rimasti, però, non basterebbero neanche per un'altra notte in albergo.

Quasi senza accorgersene, si lascia cadere sul pavimento: vorrebbe gridare, o almeno piangere, ma non ce la fa. Si sente priva di forze. Mariana era la sola persona di cui si fidava, l'unica amica. Diceva che a Bucarest conosceva un sacco di gente, che non ci sarebbero stati problemi: avrebbero cominciato una nuova vita, sempre insieme come due sorelle.

Una cameriera bussa alla porta, deve rifare la camera. Come intontita, Corina borbotta qualcosa; finisce di vestirsi, prende la borsa ed esce. La camera, grazie a Dio, era stata pagata la sera prima, altrimenti...

Solo quando la porta dell'albergo si chiude alle sue spalle, capisce di essere completamente sola.

Mariana sapeva darle sicurezza, con lei tutto sembrava facile, emozionante. Ora, all'improvviso, Corina si sente perduta: è una sensazione orribile. Se adesso l'amica tornasse indietro e le chiedesse scusa, è sicura che la perdonerebbe. La complicità, il calore, la fedeltà che pensava di aver trovato nella compagna di banco deve rassegnarsi a cercarli altrove, in persone di cui per ora può solo immaginare l'esistenza.

Nel frattempo, però, deve cavarsela da sola. Procurarsi il cibo, un letto, magari anche un lavoro: in fondo, sembra un po' più grande della sua età. A Costanza, nei giorni precedenti la fuga, l'idea di affrontare Bucarest pareva elettrizzante, ma ora le fa tremare le ginocchia, anche perché le sono rimasti solo pochi spiccioli. Per un attimo, un attimo solo, prende in considerazione l'ipotesi di tornare a casa. Poi, però, pensa a quello che l'aspetterebbe: insulti, un sacco di botte e chissà cos'altro. Al diavolo! Tanto vale seguire i cartelli per Bucarest centro, e vedere cosa succede.

*

L'orologio della piazza segna le cinque. Dio, solo le cinque! A Corina sembra di aver camminato per tre giorni. Ha una fame terribile: in tutto il giorno ha mangiato solo un po' del suo pane, per paura di finire i soldi, e adesso non ce la fa più.

Si siede su una panchina, e mentre mangia ripensa alla sua giornata. Si sente come un'extraterrestre; ha girato senza meta per strade sconosciute, in mezzo a gente che neppure si è accorta della sua esistenza. Niente da fare, nessuno da incontrare: una sensazione di irrealtà.

Non le era mai capitato di passare una giornata intera senza dire una parola, ma questo sarebbe il meno: da un lato l'isolamento le pesa, dall'altro la rassicura. Finché la ignorano, pensa, non possono farle del male. Il problema più urgente è un altro: dove passerà la notte? Non ne ha la minima idea, eppure la cosa stranamente non la terrorizza. Non ancora, almeno. Pensa di cercare il dormitorio pubblico, ma poi cambia idea; se qualcuno si insospettisce per la sua età e avverte la polizia, è finita.

Decide allora di dare un'occhiata alla stazione, ma anche lì c'è poco da stare allegri, tra facce disperate e poliziotti a ogni angolo. Forse sarebbe meglio cercare un posto meno affollato: Corina riprende a vagare per la città, ma il tempo che passa comincia a metterle agitazione. Cerca di stare calma, ma sente che il cuore le batte più forte: si sta facendo tardi.

Seduta su una panchina, si guarda intorno alla ricerca di una soluzione. Proprio di fronte a lei c'è il portone di un enorme condominio: è aperto. Prova ad avvicinarsi; non c'è la portineria, non c'è nessuno. Nell'ingresso, accanto all'ascensore, una scala porta verso le cantine. Due rampe, un lungo corridoio con una serie di porte, e in fondo una specie di rientranza. Corina prova a stendersi, sistema un maglione come fosse un cuscino: il nascondiglio è perfetto. Se anche qualcuno degli inquilini dovesse scendere, lì non la vedrebbe di certo. E poi, arrivata a questo punto, non ha scelta: è tardi, e se non vuole dormire all'aperto l'unica alternativa è questa. Si appoggia, e le sembra di avere il piombo sugli occhi: non c'è più tempo per la tristezza, per la paura, per niente. Conta solo dormire.

Quando Corina riapre gli occhi, l'orologio segna le sei e trenta. Si stropiccia gli occhi, e decide di uscire; a quell'ora dovrebbe essere più facile sgattaiolare fuori senza essere vista. Le strade sono deserte, le fanno paura; così, non appena vede un bar aperto, si ferma a pochi metri dalla vetrina: in caso di emergenza, le basta correre dentro e chiedere aiuto. Una precauzione superflua, perché nessuno le dà fastidio. Cercando di resistere alla tentazione di usare gli ultimi spiccioli per un bicchiere di latte caldo, Corina fa un primo bilancio: la prima, temutissima notte è andata liscia. Un rifugio caldo, pulito e tranquillllo: e lo ha trovato tutto da sola. Non male... Sa bene che prima o poi la scopriranno e la manderanno via, ma è contenta lo stesso. Ogni notte che passa, anzi, si sente un po' meno spaventata. L'unico vero problema è il freddo: per sentirlo meno, Corina si siede e si porta le ginocchia al petto. Poi si copre le gambe con il maglione e con l'alito cerca di scaldarsi un po': a volte si addormenta in questa posizione, e al risveglio le sembra che la schiena vada in pezzi.

Avere un posto dove tornare, comunque, le dà sicurezza, anche se le giornate sono interminabili. I soldi stanno per finire, e bisogna prepararsi all'emergenza: in zona c'è una fontanella per bere e lavarsi, ma resta il grosso problema del cibo. Potrebbe chiedere qualche avanzo nei bar e nei ristoranti, ma si vergogna; quanto a rubare, neanche a parlarne. Un conto è frugare nella credenza di casa, ma l'idea di scappare correndo da un negozio le fa venire i brividi. La prenderebbero di certo, e la metterebbero in prigione. Il solo pensiero la terrorizza; già così, del resto, Corina si sente in colpa e vive in ansia, come se da un momento all'altro qualcuno potesse riconoscerla e gridare: "Eccola, è lei, la ladra scappata di casa, prendetela..." Chissà se i suoi parenti l'hanno denunciata: ne sarebbero capaci, questo è sicuro. Probabilmente, però, sono stati zitti: in fondo, volevano liberarsi di lei e ci sono riusciti.

Corina cerca di scacciare i brutti pensieri, ma non ci riesce, e ogni volta l'effetto è devastante: come fa una madre a comportarsi così? Le piacerebbe pensarla disperata, mentre la cerca dappertutto, corre al commissariato, mette annunci sui giornali, lancia appelli in televisione per ritrovare il suo tesoro. Si lascia andare alle ipotesi più melodrammatiche, per poi riaprire gli occhi, piena di vergogna: "Stupida, vuoi capirlo o no che andando via le hai fatto un favore?" E se invece non fosse così, se la mamma si fosse pentita e aspettasse con ansia il suo ritorno?

Ansie, speranze, pensieri contraddittori che lasciano Corina esausta e piena di dubbi. Per distrarsi, cerca di risolvere il problema della cena: sale per le scale del condominio, cerca di farsi coraggio, bussa alle porte e chiede qualcosa da mangiare.

Molti non le aprono neppure, o le sbattono la porta in faccia; qualcuno però si impietosisce e le dà qualcosa.

Nel suo peregrinare, Corina scopre un mercatino, dove i commercianti alla fine della giornata abbandonano la frutta e la verdura rovinata: basta trovarsi lì all'ora giusta, per portar via qualcosa di commestibile.

Un altro problema sono i vestiti. Di magliette pulite non ce sono più: prima di tornare nel suo nascondiglio, Corina decide di lavarne una alla fontanella: anche se non ha una casa, non si sente una vagabonda, e l'idea di puzzare le dà i brividi. Strizza bene, ripone nella borsa, e torna ad accucciarsi nel suo buco.

"Sei veramente una cretina." Asciugandosi gli occhi, Corina se lo ripete cento volte. Stendere la maglietta sul corrimano è stata una pessima idea: se l'avesse lasciata nella borsa, tutto sarebbe filato liscio. La donna che fa le pulizie nel "suo" palazzo non si sarebbe accorta di niente, non avrebbe chiamato rinforzi, e nessun inquilino avrebbe sentito il bisogno di processare l'intrusa, scacciandola in malo modo dal suo rifugio. Quante gliene hanno dette! Ladra, zingara, stracciona... Eppure, in fondo, non aveva fatto nulla di male: in cantina non aveva lasciato neppure una briciola, una cartaccia.

Sola contro cinque o sei adulti inferociti: non le era mai capitato. Soltanto una signora ha cercato di calmare il marito: «Lascia stare, non vedi che è solo una bambina...» Gli altri, invece, l'hanno insultata senza pietà. «Vattene alla stazione, con quelle bestie che vivono nelle fogne!» le ha sibilato una vecchia, piena di disprezzo. Corina non ha capito cosa volesse dire, ma la cattiveria di quella voce le è rimasta dentro.

Eccola di nuovo in strada. Mentre rimette un po' d'ordine nella borsa, che i suoi inquisitori le hanno tirato dietro a calci, Corina cerca di calmarsi. Ha avuto paura che chiamassero la polizia, e ora le sembra quasi una fortuna essersela cavata con qualche spintone e una raffica di parolacce. Che le piaccia o no, da oggi comincia un'altra storia. Sono passati dieci giorni dal suo arrivo a Bucarest, non ha conosciuto nessuno e i soldi sono finiti. Deve darsi da fare, e alla svelta.

La prima cosa che Corina ha imparato è che, di giorno, conviene stare in centro. I poliziotti, a quanto pare, hanno altro da fare che preoccuparsi di lei, e in compenso ci sono bar, ristoranti, negozi, tanta gente: può sempre capitare qualcosa di buono, come trovare una moneta per terra o in un telefono pubblico. Giorno dopo giorno, comincia a riconoscere quelli come lei, costretti a inventarsi il pranzo. Appesantiti da una miriade di sacchetti e bottiglie vuote, sono loro a impartirle le prime inconsapevoli lezioni di sopravvivenza. Corina non li avvicina, ma il fatto che esistano la fa sentire meno sola. Al tempo stesso, è convinta di non aver niente in comune con loro: per lei questi giorni da vagabonda sono solo una parentesi, prima di decidere cosa fare. In ogni caso, osserva attentamente i movimenti di quei disgraziati, il peregrinare lento e mai casuale, la cura con cui raccolgono e conservano giornali vecchi, buste, qualsiasi cosa.

Quello che più la colpisce, però, è l'indifferenza con cui sopportano gli sberleffi e gli insulti delle persone "normali": sembra che nulla li possa ferire, come se la crudeltà del prossimo fosse un dato di fatto, una certezza acquisita da anni.

Ma come fanno? A Corina basta un nulla per ritrovarsi gli occhi pieni di lacrime, e loro invece riescono a farsi scivolare addosso tutte le cattiverie del mondo.

Forse anche per questo un po' li ammira: nella loro rassegnazione c'è qualcosa di eroico. Sotto gli stracci, però, non si nasconde un guerriero: l'unica impresa alla portata di quei derelitti è raccattare qualcosa nei bidoni della spazzatura.

Lei non è pronta a scendere così in basso, non ancora. Preferisce piazzarsi di fronte a un fast food, e aspettare: ha imparato che, prima o poi, c'è sempre qualche cliente che lascia sul tavolino il vassoio mezzo pieno. Bisogna essere molto rapidi, per portare via tutto prima che arrivi qualcuno. Il problema non sono le cameriere, che dei panini avanzati se ne fregano, ma gli altri cacciatori di cibo. A volte se ne trovano anche tre o quattro intorno allo stesso bar, e nessuno sembra disposto a lasciarsi impietosire da una bambina affamata. Anche perché non è certo la sola: con il passare dei giorni Corina scopre che le strade di Bucarest sono piene di suoi coetanei. Sono dappertutto: alla stazione, nei mezzanini della metropolitana, davanti ai pochi centri che danno una mano a barboni e vagabondi.

Sono bambini molto diversi da lei, sembrano adulti; qualcuno ha l'espressione un po' stordita, come se avesse bevuto. Sono sporchissimi, puzzano in modo tremendo e hanno l'aria cattiva; se fosse un po' meno ingenua, Corina l'avrebbe già capito chi sono, le tornerebbe in mente quella voce senza pietà: "Vattene con quelle bestie che vivono nelle fogne!"

Non sa di avere di fronte le creature più disperate di tutta la Romania, e non immagina che avvicinarsi a loro significa bruciare ogni speranza, entrare nel girone infernale di quelli compatiti da tutti e aiutati da nessuno. No, per Corina quei fantasmi che le contendono il cibo sono semplicemente bambini soli, affamati, storditi. Come lei.

Capitolo 4

Corina non lo sa, ma anche "loro" l'hanno notata. I maschi la fissano da lontano con la loro tipica espressione, tra il duro e l'inebetito: la sconosciuta è bella, una preda che fa gola. Le ragazze, invece, sembrano più che altro sorprese: cosa ci fa in strada una così? È abbastanza pulita, non ha cicatrici e non sembra proprio che abbia bisogno di mangiare gli avanzi.

Quello che tutti hanno capito, già al primo sguardo, è che Corina non si rende conto di cosa sta facendo, altrimenti non oserebbe comportarsi così. Tra i ragazzi di Bucarest la legge della strada è molto chiara: primo, non puoi entrare nel mio territorio senza chiedere il permesso; secondo, non puoi pensare di rubarmi il cibo sotto gli occhi senza pagarne le conseguenze. C'è chi è finito all'ospedale per molto meno.

L'ultima arrivata ha spiazzato un po' tutti: tenendo la testa incassata tra le spalle, lo sguardo fisso, risponde con un sorriso anche alle occhiate più minacciose. I duri del quartiere restano sorpresi, e decidono di graziarla. Almeno per ora, coltelli e lamette restano in tasca; nessuno, però, può permettersi di fare il cane sciolto. Chi vuole stare da quelle parti, deve far parte del gruppo, imparare le regole e soprattutto rispettarle. Già, ma intanto Corina si è già presa, senza neppure chiedere, più di quello che avrebbero voluto concederle. Perciò, scartata l'ipotesi di punirla, lasciandola in un vicolo con uno squarcio su una guancia, non resta che fare il primo passo, spiegarle la situazione e richiamarla all'ordine.

Il contatto avviene pochi giorni dopo, davanti al solito fast-food. Corina arriva poco prima di mezzogiorno con l'aria più dimessa del solito: un temporale l'ha sorpresa di notte mentre dormiva su una panchina, e adesso non riesce a smettere di starnutire. Non è solo il raffreddore, però, a buttarla giù. Giorno dopo giorno, Corina sta imparando quanto è difficile incassare gli insulti di chi rifiuta di fare l'elemosina, reggere lo sguardo sprezzante delle persone normali, scansare gli schifosi che, vedendola sola, le sorridono in un modo che fa venire i brividi.

"Se questo è il mondo, non sono certo io quella che si deve vergognare." Corina se lo ripete sempre più spesso.

Il pensiero di sua madre le provoca sentimenti contrastanti: la maledice per la sua crudeltà, eppure spera che prima o poi potrà perdonarla. A spezzarle il cuore è invece il ricordo della nonna: poverina, dopo tutto quello che ha fatto per la nipotina, non ha potuto neppure dirle addio. Corina avrebbe voluto salutarla, ma non ne ha avuto il coraggio.

Ma perché dev'essere tutto così difficile? A Corina sembra assurdo. Se oggi tornasse in classe, anche solo per un giorno, e dovesse raccontare la sua storia recente, di cosa parlerebbe? Delle notti passate ai giardini pubblici, tremando per la paura e la fame. Delle piaghe ai piedi, dello sporco sotto le unghie, del sudore incollato addosso...

Per sopravvivere a una vita così, serve un carburante speciale: speranza, pazienza, fede. Corina ha deciso che, per andare avanti, si affiderà ai sogni: quando tutto sembra perduto, si accuccia in un angolo, chiude gli occhi e immagina una vita diversa. E lo fa con un'intensità talmente forte che a volte, riaprendo gli occhi, si sorprende di averla soltanto sognata, quell'esistenza migliore, e si convince che presto sarà reale.

In realtà a tenerla viva, anche se lei non se ne rende conto, è la sua diversità.

Una ragazzina capace di sprofondare in una

pozzanghera di fango, e di uscirne immacolata: questa è Corina, mentre si dirige senza saperlo all'appuntamento con Lorenzo, un quindicenne biondo e massiccio che la sta aspettando. Il branco lo ha incaricato di spiegarle come si sta al mondo.

«Come ti chiami?» Il tono è quello di chi vuole imporsi.

«Corina, e tu?» risponde più sorpresa che impaurita.

«Questa è la nostra zona, non puoi stare qui.»

«Vostra... di chi?»

«Non sei di Bucarest, vero?»

«No, sono arrivata da Costanza qualche giorno fa.»

«Se vuoi rimanere da queste parti, devi stare con noi.»

«Va bene, ma voi chi siete?»

«Trovati qui domani, a quest'ora.»

Mentre Corina annuisce, Lorenzo se ne sta già andando. Lo vede unirsi a un gruppo di ragazzi in fondo alla piazza, e sparire.

Domani, a mezzogiorno. Ma perché ha accettato? Già si sente a pezzi così, senza bisogno di essere minacciata da una banda di pezzenti che giocano ai gangster. Che se la tengano pure la loro zona, le loro regole: Bucarest è grande, basta spostarsi e trovare un posto dove nessuno le dia fastidio…

In fondo, però, quell'appuntamento la incuriosisce. Certo, Lorenzo avrebbe potuto essere un po' più gentile, ed evitare quel tono da malavitoso. L'idea di fare gruppo con qualcuno, però, non le dispiace. Dopo la fuga di Mariana, aveva temuto di dover restare da sola per chissà quanto tempo, e invece…

Sì, l'idea di avere qualcosa da fare non è poi così male. A domani, Lorenzo. E porta pure i tuoi amici straccioni.

Non sono quattro gatti. Sono migliaia. Una malattia infettiva che insudicia la città. A nessuno verrebbe in mente di considerarli per quello che sono: vittime, bambini soli e bisognosi d'aiuto. Averne schifo, insultarli o, nella migliore delle ipotesi, ignorarli è infinitamente più comodo. Se proprio ci tengono, ci pensino quei rompitasche delle organizzazioni umanitarie a spulciarli e a dare loro qualcosa da mangiare. A Bucarest, di questi tempi, non ci sono soldi né tempo da sprecare con i pidocchiosi che bivaccano per le strade. Sono sempre di più, un esercito. Tremila, cinquemila, chi lo sa: per lo Stato, quelli come Lorenzo non esistono.

Nessuno sa esattamente dove sono nati, come si chiamano, in quali uffici dell'anagrafe dovrebbero essere registrati. Moltissimi arrivano dalle campagne, sono semianalfabeti e non hanno storie originali: nel loro passato spesso c'è una famiglia sbriciolata, come quella di Corina. Se sono costretti a dare spiegazioni farfugliano storie di malattia, alcolismo, tradimento, miseria. Disgrazia chiama disgrazia, e i primi a pagare sono i bambini: quando il pane non basta, bisogna ridurre le bocche da sfamare. Ecco perché tanti finiscono all'orfanotrofio: non è una punizione, ma l'ultima carta da giocare. E allora anche un bambino capisce che se la vita è questa, tanto vale rovinarsela da soli e scappare. Per caso o per scelta, i fuggiaschi finiscono quasi tutti a Bucarest, dove si illudono di trovare una realtà migliore di quella che si sono lasciati alle spalle. Invece, dopo qualche giorno di sbandamento, vanno invariabilmente a ingrossare le fila dell'esercito di fantasmi che presidia le strade. Con disprezzo li chiamano "i ragazzi delle fogne", perché vivono sottoterra: tutti lo sanno, ma nessuno si sognerebbe di andarli a stanare. Né la polizia, né i pedofili che li rincorrono per la città, e neppure i teppisti che danno loro la caccia per il gusto di pestarli a sangue. Solo là sotto si sentono al sicuro; e poi, se non hai una casa e vivi in una città che d'inverno diventa una ghiacciaia, non hai scelta. I disperati si calano attraverso i tombini per ripararsi dal freddo e dalla pioggia, e si lavano con l'acqua bollente che esce qua e là dagli enormi tubi che passano sotto le strade. Basta una candela e un cartone lurido per crearsi un rifugio; e pazienza se ogni tanto, per distrazione o abbrutimento, qualcuno avvicina troppo la fiamma al cartone, e rischia di bruciare vivo. C'è un odore spaventoso, perché in queste "case" cucina, camera da letto e latrina sono una cosa sola. Il sudiciume è ovunque; tifo, colera ed epatite sono rischi concreti. Le ferite si infettano, la dissenteria dilaga, e anche i più piccoli imparano presto l'esistenza di una minaccia chiamata AIDS. Un regalo dei maniaci che girano per la città, adescandoli o abusando di loro con la forza. In questi cunicoli nulla sembra contare davvero, se non sopravvivere. Si vive divisi in bande, nate per proteggersi dalla violenza altrui ma destinate a generare altra violenza: a forza di scappare dalle botte e dalle prepotenze, i duri dei canali sono diventati feroci come i loro persecutori. Maschi o femmine, non importa: per tutti menare le mani è l'unico modo per farsi rispettare. I ragazzi cercano di dominare le ragazze che, per pigrizia o convenienza, fingono di sottomettersi a chi le reclama. L'amore è un sentimento sconosciuto; il sesso serve ai maschi per ribadire il loro predominio, e alle ragazze per illudersi che, almeno per pochi minuti, qualcuno abbia davvero bisogno di loro. I frettolosi amplessi consumati in piedi o tra i rifiuti sono l'unica forma di educazione sessuale ammessa da queste parti.

A una vita così non si resiste: ci vorrebbero l'alcol e la droga, ma costano troppo. Così qualcuno ha scoperto che basta entrare in un supermercato o in un negozio di ferramenta e dire la parola magica: Aurolac. La colla. Non c'è niente di più economico per andare fuori di testa: basta metterla in un sacchetto di plastica e respirare profondamente. Tutto sembra diverso, dopo, e chi se ne frega se il cervello va in pappa e i polmoni sembrano scoppiare. Chi vive tra topi e pidocchi, dell'istinto di autoconservazione non sa che farsene. Molti hanno segni sul viso, sulle braccia, sulle gambe: magari fossero tatuaggi. Quando la disperazione diventa incontrollabile, e non trovi nessuno da ammazzare di botte, alla fine te la prendi con te stesso: per sfogarsi bastano una lametta o un pezzo di vetro. Se sei fortunato, te la cavi con una cicatrice, altrimenti ti tagli un tendine e sono guai. Così, giorno dopo giorno, questi bambini somigliano sempre più ai reduci di guerra: il corpo è piagato, e l'anima ancora di più. A lasciare il segno non sono stati le battaglie e i bombardamenti, ma l'abbandono. Quello è un trauma che non si supera. C'è una bomba a orologeria dentro queste creature. Nessuno, neppure loro, sa quando esploderà e con quali conseguenze: rabbia, dolore, mutismo, voglia di uccidere e uccidersi. È questa maledizione che li unisce, che li costringe a stare insieme anche se non hanno nulla in comune. Nulla, tranne la voragine che gli si è spalancata dentro, quando si sono trovati improvvisamente senza casa né famiglia.

Di tutto questo, Corina non ha ancora capito niente. Le storie, i drammi e lo squallido domicilio dei suoi prossimi compagni di sventura le sono totalmente sconosciuti.

È sfiancata dai primi giorni da barbona e, incredula e orgogliosa com'è di averli sopportati, non immagina quanti gradini dovrà scendere prima di scoprirsi veramente perduta, atona e indifferente a qualsiasi prospettiva di rinascita. Pensa ancora di essere stata sfortunata, e non riuscirebbe mai a credere che, acquattati nel buio dei canali, ci sono centinaia di ragazzi torturati da incubi peggiori dei suoi. All'appuntamento con Lorenzo e gli altri si avvicina piena di patetiche illusioni: si ostina a considerare la vita sulle panchine una condizione momentanea, una parentesi, e spera che quei poveracci condivideranno la sua voglia di riscatto. Illusioni destinate a durare ben poco. Giusto il tempo di scoprire che ogni ragazza del branco, per entrare a farne parte, ha dovuto pagare un prezzo. Qualcuno con enfasi la chiama "iniziazione"; altri, più realisticamente, stupro.

Capitolo 5

L'avvicinarsi dell'incontro con Lorenzo migliora lo stato d'animo di Corina, ma non cambia le sue abitudini. Alcune sono diventate quotidiane, come la visita ai centri d'accoglienza e alle poche strutture disposte a fare qualcosa per quelli come lei. Altre invece, per forza di cose, restano periodiche: sono le incursioni nei mercati, nelle fiere e in qualsiasi altro luogo che possa offrire qualche chances di "guadagno". In questo mesto pellegrinaggio tra bancarelle, mense benefiche e associazioni di volontariato, la ragazzina intravede alcuni volti che, dopo l'affiliazione alla gang di Lorenzo, le diventeranno familiari. L'incontro più sconcertante, però, avviene alla Gara du Nord, la stazione di cui presto Corina imparerà a conoscere ogni singola mattonella. Decide di farci un salto subito dopo il primo incontro con il suo "esaminatore": c'è sempre tanta gente, ed è più facile trovare una monetina o un panino mangiato solo a metà. E poi, Corina è un po' agitata, e cerca di distrarsi.

Girolonzolando senza meta da un binario all'altro, scorge su una panchina quella che inizialmente considera un'allucinazione. Seduta, con una sigaretta in mano e un aspetto veramente orribile, c'è Mariana.

Prima che Corina abbia il tempo di dire una parola, la compagna di fuga la vede, le getta le braccia al collo, biascica un'improbabile storia strappalacrime.

Corina è scossa: avrebbe voglia di vomitarle addosso tutto il suo rancore, ma le sembra una fatica inutile. Aspetta che Mariana finisca la sua commedia per sussurrarle poche gelide parole: «I miei soldi li hai già spesi, vero?» Il silenzio è la risposta che si aspettava: tutto bruciato.

Senza aggiungere altro, Corina si dirige verso l'uscita; Mariana però le si incolla dietro, ricominciando a fantasticare di cose da fare, amiche da chiamare, occasioni da sfruttare. Parole che pochi giorni prima scaldavano il cuore, e ora puzzano solo di nulla. Ma anche quella disgraziata può tornare utile: Corina decide di usarla come spalla, durante l'incontro con Lorenzo. Come amica fa schifo, ma se deve recitare va benissimo: può spacciarla come sua sorella, o sua cugina, poi si vedrà. Forse, in coppia, sembreranno un po' meno imbranate.

*

C'è un proverbio romeno che dice: "È il gallo che canta, non la gallina." Un modo come un altro per ricordare alle donne che devono stare zitte; una regola che vale in famiglia e, a maggior ragione, in strada.

Ai duri delle bande di Bucarest non piacciono le ragazze con la lingua troppo lunga. Se non vuoi farti nemici, parla il meno possibile: è la prima legge da rispettare. Corina, invece, commette un peccato d'ingenuità: si mostra troppo sicura di sé. Lo fa per darsi coraggio, perché crede che gli altri la rispetteranno di più; e poi, anche se non le va di ammetterlo, ritrovare Mariana le ha risollevato un po' il morale. Si sente meno indifesa, con lei al fianco.

L'incontro con i "boskettari", come la gente chiama con disprezzo i ragazzi di strada, si tramuta così in un dialogo surreale tra una baby-gang di disperati e due ragazzine che entrano a farne parte senza neppure rendersene conto.

«Allora, cos'hai deciso? Vuoi stare con noi?» chiede Lorenzo.

«Te l'ho già chiesto ieri: voi chi?»

«Tu sei troppo curiosa. Se non ti va, puoi sempre cambiare zona...»

«Non ti scaldare, era solo una domanda. Per me va bene. Cosa devo fare?» risponde Corina.

«Per ora stai con noi, poi vedremo» replica secco il ragazzo.

«Se lo dici tu... Allora, capo, dove andiamo adesso? Ho fame.»

Fin dal primo giorno, Corina butta in faccia agli altri la sua spontaneità. Qualcuno l'apprezza, altri lo considerano un gesto di sfida.

Il suo modo di fare dà fastidio, e molti vorrebbero darle una lezione. Ma chi si crede di essere? Dopo aver violato tutte le regole, si permette anche di fare la furba?

Corina ragiona in un altro modo, usa la strada come una terapia: trasforma la fame e la rabbia in vitamine che dovrebbero renderla più forte. Ogni giorno che passa si mostra più sicura di sé, quasi provocatoria.

Sua madre l'ha ferita a morte? Pazienza. Mariana ha tradito e di certo tradirà ancora? Peggio per lei, di amici così può trovarne dieci al giorno. Ieri ha conosciuto Lorenzo, oggi i suoi amici, domani si vedrà.

In realtà a Lorenzo, e a quelli come lui, di Corina e della sua filosofia di vita non frega niente: quello che non sopportano è la sua pretesa di essere indipendente.

Per i disperati dei canali, i rapporti si fondano su

regole non scritte ma ferree, che ricordano quelle della malavita. Soprattutto i maschi non perdonano gli sgarri, e diventano ancor più aggressivi se una nuova arrivata fa la difficile, e dice di no quando loro hanno voglia... Molte ragazze del gruppo sono andate con tutti, non sempre spontaneamente, e anche da Corina ci si aspetta che non faccia tante storie. Per avere la protezione di chi comanda, bisogna essere ragionevoli: chi non lo è di natura, ha tutto l'interesse a diventarlo.

Nonostante le sue arie da duro, Lorenzo è tra quelli che provano simpatia per Corina. Gli piace perché è bella, ma anche perché è diversa dalle altre, ha ancora le speranze che le altre ragazzine di strada hanno ormai abbandonato. È lui, comunque, a proporre il suo ingresso nel gruppo e a difenderla da chi vorrebbe trascinarla in un vicolo per una brutale "festa" di gruppo.

Per quanto influente, però, neppure Lorenzo può tenere sotto controllo tutte le teste calde della zona: gente come i fratelli Pataku, cinque delinquenti uno peggio dell'altro. Da quando Corina respinge in malo modo le avance del maggiore, si trova nel mirino dell'intera famiglia. Il messaggio è chiaro: "Prima o poi, te la facciamo passare noi, la voglia di scherzare." Ma Corina, con la sua pretesa di saper leggere dentro le persone, li considera solo degli sbruffoni.

Confortata dalla protezione di Lorenzo, cerca di abituarsi alla vita di gruppo e alla sua nuova sistemazione. Quando le spiegano che la loro casa è sottoterra, resta sopresa e un po' schifata. Quando poi scende per la prima volta nei canali, si sente morire. L' esperienza è scioccante: il buio, la sporcizia e il fetore all'inizio sono quasi insopportabili. Mai quanto il freddo, però, che rende impraticabili tutte le soluzioni all'aperto. E poi Corina si è fatta troppi nemici, per esporsi al rischio di dormire da sola in luoghi poco affollati. Così, suo malgrado, quel modo di vivere bestiale diventa routine, cancellando ogni speranza di normalità.

I tentativi di conservare un aspetto dignitoso vengono spazzati via: i vestiti diventano stracci maleodoranti, lo sporco crea piaghe e irritazioni alla pelle, e i pidocchi attaccano i capelli, il corpo e in particolare il pube.

Anche la solidarietà tra ragazzi, tanto vagheggiata da Corina nei giorni passati da sola, si rivela un'illusione; la violenza non è solo una necessità, ma una regola di vita. Una sera, mentre dorme in un angolo, sente un dolore atroce: una ragazza che neppure conosce le ha dato un calcio in faccia per farla sloggiare dal "suo" posto. Non le va meglio con un certo Vladu, al quale, durante una lite, urla incautamente di andare a farsi fottere; la risposta è un pugno che le lascia una mascella indolenzita per una settimana.

All'inizio Corina non ce la fa; scappa, si rifugia nelle case di accoglienza, e cerca di rimanerci più che può. Ma i servizi sociali sono quello che sono: per quanto si mostri servizievole e disciplinata, dopo qualche giorno si ritrova in strada, e non può far altro che calarsi in un tombino per riunirsi al gruppo.

Ancora una volta si sente in trappola, come già le era capitato all'orfanotrofio e a casa di sua madre. Stavolta però è molto peggio, perché non può neppure scappare. È la beffa della vita nei canali: più diventa orribile, meno alternative lascia. Con il passare del tempo sei sempre più brutto, violento, malato. Se fai schifo a te stesso, cosa puoi aspettarti dagli altri? Gli unici disposti a rivolgerti la parola sono quelli come te; per gli altri sei un appestato, un rifiuto umano, e ti ritrovi sempre più lontano dal mondo.

«Mia sorella? È andata via. Non so dove, in fondo sono affari suoi...» Con poche svogliate parole, Corina cerca di scoraggiare la curiosità dei boskettari. Vogliono sapere che fine ha fatto Mariana, "sua sorella": a Lorenzo e agli altri l'aveva presentata così. Sapeva benissimo, però, che il sodalizio sarebbe durato poco. Mariana non è capace di stare ferma, anche quando le converrebbe farlo. Le sembra quasi di vederla, mentre millanta con il "pollo" di turno le sue conoscenze a Bucarest... Stavolta, almeno, se n'è andata senza rubarle niente, né soldi né affetto.

Ormai Corina ha cose più importanti a cui pensare: la vita del gruppo le impone di specializzarsi nell'arte di rubare e truffare, e la cosa richiede molto impegno. I primi giorni a Bucarest, quelli in cui stava da sola e pensava di sopravvivere chiedendo l'elemosina, sembrano lontani mille anni. Ormai ha capito: se non vuol morire di fame, ha solo due alternative, rubare o fare la puttana. E allora, meglio il furto. In genere per i boskettari non è facile entrare in azione: il loro aspetto li rende troppo riconoscibili. Non potendosi mimetizzare tra la folla, devono escogitare altri sistemi. Si muovono quasi sempre in piccoli gruppi: entrano in quattro o cinque in un negozio o in un supermercato e, mentre alcuni distraggono il padrone, gli altri tre si infilano sotto il cappotto quanta più roba possono. Più o meno lo stesso sistema viene adottato con i passanti, che si trovano improvvisamente circondati da un nugolo di bambini imploranti: prima che riescano a divincolarsi, una selva di mani si infila nelle tasche e nella borsa.

A Corina, la più attraente del gruppo, viene insegnato un altro trucchetto, redditizio ma assai rischioso. Con l'aiuto di un complice, quasi sempre Lorenzo, deve adescare gli uomini a caccia di avventure. Ce ne sono moltissimi in città; qualcuno è romeno, ma nella maggior parte dei casi sono turisti stranieri in cerca di emozioni forti. Sanno bene dove trovare i ragazzi: alla Gara du Nord, in Piazza Romana, all'Università. Maschi e femmine, tutti minorenni: un campionario allettante per i pervertiti di mezza Europa.

Lorenzo li intercetta, si presenta come protettore di Corina e ne decanta le capacità amatorie. Corina annuisce, senza neppure sapere in cosa consistano molte delle prestazioni di cui si parla. Se il "pesce" abbocca, si entra nella fase più pericolosa del piano: prima di appartarsi con il cliente, come una vera prostituta chiede il pagamento anticipato. Ottenuto il denaro, finge di guidarlo verso l'alcova ma, appena possibile, scappa. Il tutto sotto gli occhi del complice, che segue a breve distanza. Il più delle volte va tutto bene, anche perché i clienti spesso sono poco pratici della città, ed è abbastanza facile seminarli nel labirinto delle vie del centro. Altre volte però sono più smaliziati, e non si fanno fregare tanto facilmente. In questo caso Lorenzo e Corina sono costretti a suon di pugni a restituire i soldi: sono pur sempre due ragazzini contro un adulto. Un giorno, poi, le cose vanno anche peggio: Lorenzo resta steso per terra, intontito dai cazzotti, mentre Corina è costretta con la forza a mantenere gli "impegni" presi. È uno stupro, che resta impunito perché la vittima è una ragazza di strada. Nessun poliziotto di Bucarest sprecherebbe un minuto per indagare su una violenza sessuale denunciata da una stracciona dei canali. I boskettari non hanno diritti, e creano solo problemi. Finché si scannano tra di loro, la polizia è ben lieta di ignorarli. Se però alzano un po' troppo la cresta, provocando le proteste e le denunce dei cittadini, gli agenti danno loro una bella ripassata, tanto per soddisfare la richiesta di ordine e disciplina. Qualcuno finisce in riformatorio, altri all'ospedale con la testa rotta; la sorte peggiore, però, tocca ai pochi maggiorenni, che vengono spediti in carcere. Quello vero, quello degli adulti: un inferno dal quale un diciottenne, anche se esce dopo una settimana, può restare segnato per sempre.

Dolorante e devastata, Corina torna nel canale senza dire una parola: ha già imparato che la legge non protegge quelli come lei. Una ferita che brucia più dello stupro.

L'abbrutimento fa sì che i giorni siano tutti uguali. Alcuni, però, sono peggio di altri: Corina lo capisce il primo Natale che passa in strada. Le vie si svuotano, e quel deserto rende insopportabile la solitudine di chi non ha nessuno; a far diventare il tutto ancora più straziante ci pensa la processione di genitori che girano per la città con una foto in mano, le lacrime agli occhi. Sperano di ritrovare i figli scomparsi, ma riescono solo a farsi spillare un po' di denaro da chi, beffandosi del loro dolore, finge di aver importanti informazioni da vendere. Corina guarda la scena con un senso crescente di nausea. Non è il dolore altrui a farla soffrire: quello, ormai, la lascia del tutto indifferente. È la sua pena a toglierle il respiro, a chiudere la bocca dello stomaco: osserva quella carovana di disperati, e capisce di desiderare ferocemente che tra di loro appaia all'improvviso sua madre, per chiederle perdono, riportarla a casa, offrirle un pasto squisito e una vita nuova. Ma le sue illusioni, proprio come quelle dei poveracci che ha di fronte, sono ridicole. E allora non resta che fare la spola tra la Gara e le stazioni della metropolitana, sperando che le feste passino presto.

Anche quando le strade della metropoli tornano a riempirsi, però, il morale di Corina resta sotto i tacchi. Per qualche giorno fa coppia fissa con Eva, una ragazza che da qualche settimana si fa vedere in centro, nella zona dei ragazzi. Sembra simpatica e fa di tutto per essere gentile con lei. «Corina, ti va di venire a casa di mia sorella domani? Lei non c'è, possiamo farci un bagno e mangiare quello che ci pare!» L'idea non è male, e Corina accetta; con lei c'è anche Alessandro, un compagno di sventura che negli ultimi tempi le sta sempre appiccicato. Corina non ama che le si ronzi troppo intorno, ma lo sopporta perché è innocuo ed è uno dei pochi che non cerca di metterle le mani addosso in continuazione. Dopo essersi ritrovati con Eva, i due la seguono fino a un casermone squallido nella zona di Drumul Taberei. Corina è particolarmente giù, sembra assente, non si accorge che Eva dopo averli fatti entrare in casa chiude la porta a chiave.

«Ho un freddo cane. Possiamo farci un té?» chiede entrando in cucina. Solo allora si accorge che in casa c'è qualcuno: Gheorge Pataku. Uno dei fratelli, il più bastardo. Corina è paralizzata: è in trappola. Eva l'ha venduta. Dalla camera da letto dove si erano nascosti, escono gli altri fratelli.

Cercando di non tremare, Corina si sforza di ragionare, prova a guadagnare tempo.

«Gheorge, che cazzo vuoi?»

«Hai freddo, no? Ci siamo qui noi, per scaldarti.»

«Cerca di non fare lo stronzo, altrimenti...»

Non riesce neanche a finire la frase: un ceffone la fa volare in un angolo della stanza. «Vuoi fare la dura, eh? Bene.»

Un calcio la colpisce alle costole, togliendole il respiro. Con un labbro spaccato e la bocca piena di sangue, Corina viene bloccata e trascinata in camera. Urla, scalcia, si dimena, ma un pugno nello stomaco le toglie le forze. In tre le strappano i vestiti di dosso, mentre gli altri due infieriscono su Alessandro.

L'ultimo ricordo sono le urla dell'amico: «Vigliacchi, lasciatela stare» grida mentre lo massacrano di botte.

Poi è il buio. La violenza, gli insulti, le sigarette sulla pelle, le risate di scherno: un mulinello profondo e scuro dal quale sembra impossibile riemergere. Dopo venti ore di orrore, la porta dell'appartamento si riapre, e due fantasmi sfigurati strisciano fuori e e si trascinano sul ciglio della strada.

Alessandro ha due denti spezzati, tre costole incrinate e una caviglia gonfia come un melone. Corina ha un occhio chiuso, un labbro tumefatto e una mezza dozzina di bruciature. Dopo qualche settimana scoprirà di essere incinta.

Capitolo 6

Il cigolio dei freni la sveglia di soprassalto, proprio mentre il treno si sta fermando. Corina strizza gli occhi e guarda fuori dal finestrino: paragonata alla Gara du Nord, la stazione di Costanza sembra minuscola, un ripostiglio per le scope. Nel corridoio del vagone c'è uno specchio, e Corina si dà un'occhiata: ha un'aspetto terribile. Prima di partire si è lavata e ha recuperato una maglietta pulita, ma per restituirle un aspetto decente ci vorrebbe un miracolo.

È sfinita, perfino scendere dal treno le fa venire il fiatone.

Quante vite ha sciupato dall'ultima volta che è stata qui? Possibile che siano passati solo dieci mesi?

La bambina con il cuore in gola che era salita sul treno con Mariana non esiste più. È diventata una ladra, ragiona come una ladra: osserva la sala d'aspetto, le bastano pochi secondi per capire quali sarebbero le prede ideali per un borseggio, e le vie d'uscita più rapide per sfuggire ai poliziotti. Non ha appetito, altrimenti frugherebbe nei cestini, in cerca di qualcosa di commestibile: ormai è un gesto assolutamente naturale.

Quaranta giorni dopo l'aggressione, le pare ancora impossibile potersi riprendere. A sciocarla, quasi quanto la violenza subita, sono stati la scoperta di aspettare un bambino e l'aborto spontaneo che da un lato è stato provvidenziale, ma dall'altro ha sbriciolato quel poco di equilibrio che ancora le restava.

Tornare a casa, più che un desiderio, è stato un gesto istintivo. Il bisogno fisico di sfuggire almeno per un po' ai canali, al freddo, ai sorrisi beffardi dei suoi violentatori e di tutti quelli che, in fondo, hanno pensato che la ribelle di Costanza avesse avuto il fatto suo.

I Pataku sono pericolosi, hanno amici nella malavita: non si sfida gente del genere. Così le sevizie patite da Corina restano impunite. Lorenzo va su tutte le furie ma è costretto a trattenersi; si vendica solo di Eva, l'infame che ha attirato le vittime in trappola. La ragazza viene pestata a sangue e si ritrova un "ricordino" su una guancia; la cosa, però, finisce lì.

Il giorno dopo essere stata stuprata, Corina ha tentato il suicidio, però i tagli con cui si è incisa le vene dei polsi erano troppo superficiali. È viva, ma sull'orlo dell'esaurimento nervoso: non ce la fa più a restare a Bucarest, deve andarsene o rischia di impazzire. L'unica destinazione possibile è Costanza.

Quando però il treno arriva a destinazione, e si avvicina il momento di bussare alla porta di sua madre, Corina si rende conto di essere nell'ultimo posto al mondo dove vorrebbe essere. A casa, dopo la sua fuga, la situazione non è affatto migliorata. Florin beve più che mai e ha rischiato di essere licenziato dalla fabbrica dove lavora, dopo essersi presentato un paio di volte al lavoro praticamente ubriaco. Quanto ai rapporti con la moglie, basta guardare i segni sul viso di Maria per capire come vanno le cose: è una guerra continua, che si trascina senza più bisogno di pretesti.

In una situazione del genere, l'apparizione di Corina provoca gli effetti di un cerino buttato in un bidone di benzina. Florin non le ha perdonato di aver rubato i suoi soldi prima di scappare, e si rivela molto più rozzo e manesco di prima. Anche Maria la picchia spesso ma conosce un altro modo, più subdolo, per ferire la figlia. Ogni occasione è buona per ostentare disprezzo e indifferenza. «E tu che ci fai qui?» le ha chiesto aprendole la porta di casa. «Guarda come sei conciata... Te l'avevo detto che prima o poi saresti finita sul marciapiede!»

Corina non reagisce: purché non la mandino via è dispostissima a fare da capro espiatorio. Cerca di rendersi utile, non chiede mai nulla e, sia pure a fatica, riesce a farsi riprendere in casa. La trattano come una schiava, ma non importa: sa che in realtà è lei che li sta usando. Giorno dopo giorno, gli effetti di una vita "normale", fatta di pasti regolari e notti passate in un letto, cominciano a farsi sentire.

L'esperienza di Bucarest le ha insegnato a non aspettarsi nulla dagli altri; eppure non riesce a sopportare il fatto che non chiedano neppure una volta dov'è stata negli ultimi mesi, perché ha i polsi fasciati, come ha fatto a sopravvivere. Allo stesso tempo, però, se qualcun altro glielo domanda, si vergogna e cambia discorso. Soprattutto se si tratta di sua nonna, come sempre l'unica a dimostrarle affetto e comprensione. Se almeno potesse stare con lei! Ma la povera donna non è più in grado di badare neppure a se stessa, si è trasferita in un ospizio.

Man mano che le sue condizioni fisiche migliorano, Corina diventa sempre più insofferente: si sente in gabbia e si rende conto che la sua casa, ormai, è Bucarest. Per certi versi la cosa la terrorizza, ma non può farci niente: superato il momento di crisi, capisce che tornare nella capitale le fa meno schifo che restare con sua madre. Così, dopo poco più di tre settimane dal suo arrivo, decide di andarsene di nuovo. Stavolta non scappa: prima saluta la nonna, poi si espone nuovamente al sarcasmo di Maria. «Vai, vai, per quel che me ne importa...» biascica la madre senza neppure alzare gli occhi dal lavandino. «E stavolta cerca di non tornare!»

«Stai tranquilla» sussurra Corina chiudendosi la porta dietro le spalle. Cammina piano verso la stazione, e quasi si vergogna del sollievo che prova: ormai è come quei vagabondi che si sentono a loro agio solo quando non devono rendere conto a nessuno dei loro spostamenti.

Non ha motivi per essere tranquilla: ancora poche ore, e si ritroverà sui viali di Bucarest. Eppure qualcosa è cambiato: dopo aver sbattuto il muso per l'ennesima volta contro l'ostilità di sua madre, ha capito che è stata anche l'ultima. Meglio vivere di avanzi che sopportare la sua crudeltà: questo dev'essere il punto di partenza per il resto dei suoi giorni. Si sente come un'innamorata che, tradita mille volte, all'improvviso apre gli occhi e se ne va: un po' triste, un po' infuriata, ma soprattutto consapevole di dover voltare pagina. Finora non era stato così: almeno con se stessa, aveva fatto finta che vivere per strada fosse una scelta, un peccato d'orgoglio che avrebbe potuto espiare in qualsiasi momento, tornando a casa e ricominciando come se niente fosse. Ora Corina lo sa: nella sua vita non c'è più spazio per fughe e ritorni. Costanza è un capitolo che si chiude per sempre.

Tornare nei canali è più facile che arrivarci per la prima volta: quando i ragazzi ti conoscono, nessuno ha niente da ridire se chiedi di rientrare. Tutt'al più si tratta di cercarsi un altro cartone e un angolo nuovo dove dormire, se quello che avevi è stato occupato.

Lorenzo all'inizio sembra scocciato: si è sempre battuto per Corina, e non si aspettava che scappasse dalla mamma; rimane sorpreso, però, nel vedere che ha cambiato registro. Parla molto meno, e si fa capire con un linguaggio che per la strada è molto più apprezzato delle parole: la violenza. Niente di meglio, per ottenere il rispetto della comunità, che dimostrare di avere il fegato necessario per battersi fino in fondo. La consacrazione le viene in un pomeriggio come tanti altri, passato a bivaccare nella piazza davanti alla Gara du Nord. Corina si accorge che un pedofilo si sta allontanando con un bambino di dieci anni: non è un ragazzo di strada, ma è un volto noto, quasi tutti i giorni si ritrova lì con i suoi amichetti. Il maniaco si avvicina, dice qualcosa, convince il piccolo a seguirlo. Corina raccoglie un bastone per terra, e segue i due finché li vede sparire in un vicolo. Cercando di non far rumore, sporge la testa e nota che l'uomo si sta sbottonando i pantaloni. Le sale il sangue alla testa: fa tre passi di corsa, raccoglie le forze e spara una bastonata appena sotto il ginocchio. Un colpo secco, sull'osso: il pedofilo cade a terra urlando, mentre il bambino fugge. Anche Corina fa per andarsene, ma gli insulti la bloccano: «Puttana, ti ammazzo!» urla l'uomo tenendosi la gamba colpita. Come in trance, Corina si vede passare davanti agli occhi i sorveglianti dell'orfanotrofio, l'amico di Mariana, i turisti che cercavano di infilarle una banconota in mano e la lingua nell'orecchio, i Pataku e tutti gli altri. Torna indietro, raccatta il bastone e colpisce una, due, dieci volte. L'uomo finché può si protegge con le braccia, poi crolla semisvenuto mentre il bastone gli rompe il naso e i denti. Probabilmente morirebbe, se Corina non venisse bloccata da Georgi, uno dei capi della zona. Da un po' di tempo le ronza intorno, e a Corina non dispiace: è uno dei pochi che non la considera una cosa da possedere.

Vedendola sparire con un bastone in mano, Georgi si è insospettito e ha deciso di andarle dietro. Un'ottima idea: piomba nel vicolo, e porta via l'amica prima che qualcuno senta le urla del maniaco e chiami la polizia.

In meno di mezza giornata, il tam tam diffonde la notizia dell'accaduto in tutti i canali di Bucarest: quello che in tribunale costerebbe anni di carcere, in strada si trasforma in una medaglia al valore. I pedofili non sono molto popolari, e averne steso uno trasforma Corina in una celebrità. È una "dura", e ha capito un'altra legge fondamentale: per strada non puoi essere donna. Tra maschi e femmine non c'è differenza, tutti devono lottare per non essere sottomessi, e la femminilità serve tutt'al più per eccitare i "polli" che poi vengono derubati. Se vuole rispetto, una donna deve dimenticare di esserlo.

Questo non significa che non possa fare coppia con qualcuno. Corina decide di stare con Georgi, e così rafforza ancora la sua reputazione: il ragazzo è un leader dei boskettari, e la sua donna per il popolo dei canali diventa un'intoccabile.

Corina però non abusa della nuova condizione:

nessuno torcerebbe un capello alla donna di un capo, ma a lei non va di farsi proteggere. Il rispetto se lo conquista da sola con una durezza che poche settimane prima non avrebbe neppure immaginato. Si consegna alla vita sotterranea senza più riserve: si gonfia di alcol e comincia a sniffare la colla, che spacca i polmoni ma almeno per un po' spegne il cervello. Parla guardando dritto negli occhi, e non ci pensa due volte a piantare le unghie in faccia a chi non le va. È una piccola belva, orgogliosa di esserlo. La rottura con il mondo normale è insanabile: non più solo un dato di fatto, ma una scelta. Negarsi ogni futuro, ostentare con orgoglio la propria disperazione: è la follia, l'ultimo passaggio verso la morte interiore.

Scappare non ha più senso: chi ci crede più in un'altra vita? Tanto vale vivere quella che c'è, guardandosi intorno. E scoprire che, anche là sotto, nel buio, vivono persone che un giorno Corina potrà chiamare amici.

Capitolo 7

Di giorno i ragazzi parlano poco: questione di carattere, a volte, ma soprattutto di abitudini. Chi di sera si accascia per terra, strafatto di colla e ubriaco, al risveglio non è in gran forma, né particolarmente loquace. Sa che la colazione lo aspetta nei bidoni dei rifiuti, e se vuole qualcosa di meglio deve procurarsela, stando bene attento a non farsi arrestare né pestare. Il resto della giornata scorre tra furti, sguardi di disprezzo, aggressioni verbali e fisiche, spedizioni punitive organizzate dai negozianti derubati, scontri tra bande: insomma, in strada si è troppo impegnati a sopravvivere per aver voglia di chiacchierare. La sera, però, è diverso. Nel canale, al lume delle candele rubate in chiesa, non c'è molto da fare prima di cadere esausti e abbrutiti. Qui Corina scopre i drammi di quelli che le stanno intorno: le loro disavventure l'aiutano a capire che non è l'unica ad aver ricevuto dal destino delle brutte carte. E, giusta o sbagliata che sia, la cosa la fa sentire un po' meno sola.

Sdraiata sul suo cartone, ascolta storie incredibili. Come quella di Lucian, cinquanta chili e gli occhi più buoni di Bucarest. Non è nato disperato: viveva con la famiglia, avevano addirittura una casa di proprietà. Roba da signori? Macché, con sei figli e un padre che perde il lavoro ogni due mesi c'è poco da stare allegri; la bottiglia, il filo conduttore di tante storie romene, fa il resto. I genitori decidono che Lucian non deve più andare a scuola, che deve aiutarli a tirare avanti. Ma come? Non ha l'età per andare a lavorare, ed è troppo gracile per fare lavori di fatica. Suo padre cerca di convincerlo a girare per le strade chiedendo l'elemosina con Kami, la sorella maggiore. I due non ci stanno e, nonostante le botte, rifutano di obbedire. Quando i pestaggi diventano troppo violenti, Lucian e Kami decidono di scappare. Cercano ospitalità presso Pinocchio, uno degli orfanotrofi storici di Bucarest; Kami ottiene un posto letto, e decide di fermarsi per un po'. Lucian invece non trova una sistemazione nella camerata maschile, e così comincia a girare per la città. Si ritrova a dormire per strada, e dopo poco conosce i "ragazzi". Anche per lui l'approccio con la vita da vagabondo è molto duro; così, dopo qualche settimana decide di tornare a casa. Spera che suo padre si sia calmato. Niente da fare: piovono altre botte e minacce per obbligarlo a portare soldi a casa. Il ragazzo allora scappa di nuovo, ma stavolta per sempre; se proprio deve andare in strada, lo farà per conto suo. Giura a se stesso di non tornarci mai più, a casa. Si sbaglia: dopo qualche mese Kami viene a sapere che il padre si è ammalato, è grave. Lo dice al fratello, passato a salutarla in istituto. Lucian ci pensa un po' su, ma quando decide di andarlo a trovare è già morto. Al dolore si aggiunge l'angoscia; la madre ha già un altro uomo, e non ha nessuna voglia di pensare ai quattro figli più piccoli. Lucian vorrebbe fare qualcosa per loro, ma non sa cosa. Sarebbe già un miracolo riuscire a salvare se stesso.

Storie come quella di Dan. Il gigante timido, un bisonte sensibile come un bambino. Capace di resistere a temperature da orsi, e di commuoversi per la piroetta di un ballerino. Chissà come sarebbe stata la sua vita se la madre non fosse sparita dopo averlo messo al mondo. Se la nuova compagna di suo padre non lo avesse odiato tanto, da cercare fin dal principio di sbatterlo fuori di casa. Se il padre non si fosse fatto rintronare dai capricci della nuova fidanzata. Con il passare degli anni, per Dan l'aria si fa sempre più irrespirabile. Gli resta però una via d'uscita: la nonna. A quattordici il ragazzo si decide, e va a vivere con lei in Svezia: un'esperienza che gli dà forza, e lo aiuterà a sopravvivere nei momenti più duri. La Scandinavia gli piace, Dan impara a pattinare, a giocare a hockey, a vivere per giorni in silenzio circondato solo da neve e alberi. Ma poi la nonna si ammala, e dopo due anni il bel sogno finisce: il ritorno a Bucarest è un trauma che non riesce proprio a sopportare. Dan se ne va di casa; è solo, ma non si dispera. Incontra i boskettari, sa di essere diverso da loro, le sue esperienze di vita lo hanno reso più forte. Non usa la colla, non va a rubare. Ama stare per conto suo, anche se frequenta abitualmente un gruppo di ragazzi: solo di giorno, però, perché di notte non va nei canali. Preferisce i parchi; gli ricordano la Svezia, la nonna, forse l'unico periodo felice della sua vita. Neppure lui, probabilmente, sa come fa a non morire assiderato. Quando il freddo è davvero intollerabile, trova qualche rifugio di fortuna, costruisce una baracca di cartoni, si rifugia in edifici abbandonati. Ma nei canali, sottoterra, non vuole metterci piede.

Storie come quella di Rafael, il poeta, tanti sentimenti e pochi muscoli. Si è ritrovato in strada a nove anni, e le ha prese sempre, da tutti. Con il passare del tempo, è diventato quasi una celebrità nei canali, con la sua aria da sognatore e il peccato originale di essere zingaro: cosa che lo ha reso sgradito perfino a molti ragazzi di strada. Con lui Corina entra subito in sintonia; giusto il tempo di scoprire che anche Rafael è arrivato in un orfanotrofio ancora in fasce. Un giorno, senza alcun preavviso, riceve una visita inquietante. Una coppia di zingari. Rafael si spaventa: in istituto gli hanno sempre detto che quella gente è pericolosa. Rubano di tutto, anche i bambini. Mai potrebbe immaginare che quelli sono i suoi genitori, venuti a riprenderlo. Perché, e perché proprio in quel momento? Non lo capisce. Papà e mamma sono gentili, ma sembrano arrivati direttamente dal Medioevo. L'arrivo in quello che chiamano villaggio, poi, è agghiacciante: un pugno di baracche piantate nel fango, a pochi chilometri da Bucarest. Neppure un bambino mezzo rintronato, rimasto a marcire per anni in una galera travestita da orfanotrofio, può sopportare l'idea di vivere in quei tuguri. Alla prima occasione, Rafael fugge verso la città. Si ritrova per strada, dove "perfeziona" la caratteristica che lo renderà unico e inconfondibile: la capacità di incontrare sempre le persone sbagliate. Gli portano via tutto, ma lui non se la prende e non vuole rubare. Non mette mai piede a scuola, rimane praticamente analfabeta, eppure sa farsi capire da tutti. E poco importa se finisce quasi sempre deriso e derubato: nessuno riesce a scalfire il suo inspiegabile ottimismo.

Storie come quella di Mia, la bambina destinata a non crescere mai. La contraddizione fatta persona: ama la vita, eppure ha desiderato di morire mille volte. Può stenderti con un calcio solo perché le gira e, cinque minuti dopo, piangere per un uccellino ferito. Inutile illudersi che possa cambiare, non può farcela. Il suo equilibrio di cristallo si è sbriciolato quando aveva quattordici anni ed è rimasta incinta. Non si sa chi sia il padre: in troppi si sono approfittati della sua fragilità. E poi, cosa importa? Ormai è successo, ed è ovvio che Mia non è in grado di fare la mamma. Partorisce per la strada, poi il bambino finisce in un istituto di suore. Mia va a trovarlo ogni tanto, è contenta di saperlo al sicuro. Quello che è successo, però, le ha lasciato segni indelebili e devastanti. La vita di strada, il sesso rubato, il parto: per Mia è decisamente troppo. Da allora ha fatto dentro e fuori dall'ospedale psichiatrico cento volte: quando sparisce dalla strada, nessuno si preoccupa. Sanno che prima o poi tornerà. E lei, puntualmente, ritorna. Alta, massiccia, imbacuccata in pantaloni e maglione dodici mesi l'anno. Non si è mai vestita da donna in tutta la sua vita. Almeno, in quella parte di vita condivisa con i compagni di strada. Di quella precedente, nessuno sa nulla. Mia non ha mai detto a nessuno come e quando è finita a vagabondare nel centro di Bucarest. Forse, ormai, neppure se lo ricorda più.

Storie come quella di Stela. Probabilmente l'unica ragazza dei canali a finire nei guai per un furto mai commesso. La beffa del secolo: vivere con gente che campa rubando, ed essere vittima di un "errore giudiziario". E pensare che, appena scesa alla Gara du Nord, le avevano rubato tutto. Proprio un bell'inizio, per una sedicenne arrivata dalle campagne appena fuori Bucarest, con una storia uguale a tante altre: miseria, violenza, fuga. Le sue speranze di trovare fortuna nella capitale durano dieci minuti, il tempo di esser scippata della borsa dove teneva i soldi racimolati prima di scappare di casa. Chissà, magari a derubarla è stato un boskettaro. Di certo, nelle sue condizioni, non può far altro che aggregarsi alla prima banda che incontra. Anche lei, come Corina, ha molti estimatori: occhi azzurri, bel fisico, non passa inosservata. Il suo primo "fidanzato" dei canali si chiama Ivan: se non altro, la sottrae alle voglie degli altri. È un tipo violento, e tutti sanno che puntare la sua ragazza sarebbe un grosso rischio.

La vita di Stela è quella di tutti gli altri, tra questue svogliate e furti di gruppo. Non è abbastanza svelta per prendere iniziative, ma va bene per creare un po' di confusione e preparare il terreno ai borseggiatori più abili. Un giorno, però, succede qualcosa di strano: Stela cammina annoiata su un marciapiede di Piazza Romana. All'improvviso arriva Ivan, l'abbraccia, poi senza dire niente se ne va di corsa. Passano pochi secondi, e Stela si sente afferrare per il collo: sul momento pensa a uno scherzo del ragazzo, invece è un poliziotto. Le mette una mano in tasca e trova un portafogli. «Credevi di fare la furba, eh? Adesso finisci dentro...» Lei è più incredula che spaventata. Non ha mai visto quel portafogli, come diavolo ha fatto a finire nella tasca del suo giaccone? Mentre la portano via, avrebbe voglia di discolparsi, ma lascia perdere: non le crederebbero nemmeno i suoi amici, figuriamoci la polizia. Solo molti mesi dopo, qualcuno troverà il coraggio di rivelarle il nome di chi l'ha fregata. Troppo facile: Ivan. Aveva appena derubato un passante, quando si è accorto di essere stato visto. Allora ha scaricato la refurtiva nelle tasche della ragazza, e se l'è filata. Perse le tracce del ladro, troppo veloce per farsi raggiungere, l'agente si è accontentato della "complice". L'unica fortuna di Stela è che è ancora minorenne, e si risparmia il carcere vero. Anche tre mesi di riformatorio, comunque, non sono uno scherzo: a parte le botte e il cibo schifoso, molti sorveglianti sono uomini...

Storie come quella di Marian, che ha visto le sue due sorelline falciate dalla leucemia e ha perso la testa. Come quella di Michela, un'altra mamma dei canali, che subito dopo aver partorito corre all'ospedale con il neonato tra le braccia: è terrorizzata dall'idea che il piccolo finisca nelle mani dei pedofili e vuole farlo adottare subito, direttamente in corsia, sotto gli occhi allibiti di medici e infermieri. Come quella di Iulian, con il torace straziato dalle cicatrici: ogni volta che gli sembra di non farcela più, spacca una bottiglia e si tortura da solo. Al pronto soccorso ormai lo conoscono tutti, e non lo sopportano più: l'avranno ricucito venti volte.

Storie così, biografie dolorose di fantasmi che Corina, notte dopo notte, impara a conoscere un po' meglio. Hanno tutti qualche segreto spaventoso alle spalle, e un bisogno feroce di dividerlo con qualcuno. Con lei. Sono i suoi compagni di viaggio.

Capitolo 8

Il ritorno a Bucarest coincide per Corina con l'inizio della fase più autodistruttiva della sua vita di strada. La salute va sempre peggio, e l'ennesimo scontro con la gelida ostilità della madre ha lasciato segni profondi. Rientrando nel giro dei canali, sceglie la cosa più semplice: lasciarsi andare, emulando e spesso superando i compagni più abbrutiti. Comincia a buttare giù qualsiasi intruglio, senza fare neppure finta che le piaccia: solo per stordirsi, come se bere donasse credibilità allo "stile" di vita che ha scelto. Ancor più devastante l'uso smodato della colla, che da sballo occasionale diventa un'abitudine quotidiana, con conseguenze micidiali sul suo organismo già indebolito.

Anche a livello psicologico, gli eccessi di Corina sono catastrofici, perché consolidano l'abitudine a convivere con il dolore. La sua soglia di sopportazione, considerando l'età, è mostruosa. Soffrire è ormai una componente fissa della sua giornata, un elemento che stupisce solo quando non c'è. La febbre, la tosse che la spezza in due, il vomito, la dissenteria che non la lascia per settimane: tutte cose normali, ormai. Come la cattiveria altrui, la violenza, il sadismo. Bruciano, ma ormai se le aspetta, sa che fanno parte della vita, almeno della sua.

Non ha ancora compiuto quattordici anni, ma è talmente devastata da reagire come una piccola belva alle uniche cose che non sa più affrontare: quelle belle. Il sorriso di chi, anziché guardarla con disgusto, sembra quasi sentirsi in colpa di non aver mai fatto nulla per lei. La mamma che non interviene inorridita se il figlio le si avvicina. Il vecchio signore che le regala una bottiglia di latte, senza farle la predica.

Fino a poco tempo prima, questi gesti le facevano piacere; ora invece le danno fastidio, sembrano eccezioni che enfatizzano la regola e la rendono ancor più intollerabile. Quasi una provocazione. "Perché mi sorridi? Non ho bisogno della tua compassione. Portati via il tuo bamboccio tirato a lucido. E se voglio il latte, vado a rubarlo, chiaro?"

In questa fase, i rapporti con la gente non vanno migliorati, ma azzerati. La vita di strada diventa un ergastolo senza sbarre, un conto alla rovescia verso la fine. Nessuno parla della morte, ma tutti sono convinti che sia vicina: l'unica incognita è come arriverà. La manganellata troppo forte di un poliziotto, il coltello di un altro boskettaro, un incendio nel canale, una malattia: ognuno ha il suo incubo, da rimandare il più possibile.

Abbandonata ogni remora morale, seppellita qualsiasi ipotesi di rinascita, Corina si getta a corpo morto nel suo incubo privato.

L'unica cosa che conta è procurarsi soldi, a qualsiasi costo. Corina li cerca freneticamente: le servono per la colla, l'alcol, un po' di cibo. Rubare, però, è diventato difficile: in molte zone la conoscono, e scappare dopo il furto le riesce sempre più faticoso. Ci vorrebbe un altro paio di polmoni... Per fortuna, ogni tanto raccatta qualcosa nei centri di accoglienza, e sfrutta tutte le occasioni per tirar su qualche spicciolo. L'importante è stare in guardia, con le orecchie dritte per captare ogni movimento. Così quando Laura, una della zona del Parco Brancoveanu, offre una bella cifra a chi accompagnerà due ragazze in giro per Bucarest, non se lo fa ripetere una seconda volta. «Vengono da fuori città, hanno trovato lavoro come cameriere in un bar» le spiega Laura. «Il padrone ha anche una stanza per farle dormire. Io non il tempo di andarci; Corina, vuoi farlo tu?» La risposta è scontata. Ecco le tre ragazze in viaggio verso la loro destinazione: la casa del barista che, naturalmente, non esiste. Corina si sta andando a infilare in un'altra trappola, peggiore di quella dei Pataku. Se le rimanesse almeno un briciolo di lucidità, capirebbe subito che nessuno, tanto meno quella trafficona di Laura, rinuncia a un facile guadagno perché "ha da fare". È una barzelletta: chi vive in strada non ha mai niente da fare, e Corina lo sa benissimo. Dopo una notte insonne a sniffare Aurolac, però, certi dubbi non le vengono. Non si accorge neppure che le due "cameriere" hanno l'aria un po' troppo vissuta, e sale con loro al quinto piano di un casermone poco rassicurante. Dentro non c'è nessun barista, ma due ceffi terrificanti. La loro accoglienza, però, è cordiale. Niente botte, niente minacce; le offrono una tazza di caffé e una sigaretta, lussi che non si rifiutano mai.

Corina comincia a sentirsi inquieta; il cervello può anche essere scollegato, ma l'istinto no. Perché le due ragazze sono scappate in camera senza dire una parola? Come mai hanno l'aria così spaventata?

Le cose peggiorano quando uno dei due si avvicina con un ghigno che le mette i brividi. «Abbiamo un sacco di vestiti di là, perché non ne provi qualcuno? Se vuoi, puoi farti anche una doccia. Sei carina, ma un po' in disordine. Stanno per arrivare un po' di amici, non puoi partecipare a una festa conciata così.» Corina balbetta un no, cerca di raggiungere la porta, ma viene bloccata. «Ma come, vuoi già andare via? Non ti abbiamo ancora pagato. I soldi comunque non sono un problema; vedrai quanti te ne faremo guadagnare...» La risata sguaiata le blocca il cuore: adesso ha capito tutto. Quelle due di là sono puttane, e questi i loro nuovi protettori. Laura l'ha venduta ai "papponi", che evidentemente stanno cercando altre ragazze da buttare sul marciapiede. Corina cerca di urlare, di lanciarsi un'altra volta verso la porta: niente da fare, stavolta si ritrova per terra con i segni dei ceffoni sul viso. Piange, si raggomitola in un angolo, ha quasi una crisi di nervi: lo sa bene cosa intendono quelli per "festa", ha sentito parlare dei sistemi del racket. Quando devono iniziare una ragazza alla sua nuova professione, gli schiavisti la violentano in gruppo per giorni, costringendola a imparare tutto quello che un cliente potrebbe chiederle. Poi la piazzano in strada e, se osa protestare o tentare la fuga, la puniscono con le torture più atroci perché non ci riprovi mai più. Un ferro da stiro arroventato può essere molto convincente...

*

«Va' a chiamare gli altri.» La voce è quella del bastardo che l'ha presa a schiaffi; mentre una delle due ragazze esce per eseguire l'ordine, Corina ha la precisa sensazione di voler morire. Le è già capitato di sentirsi così, ma mai con questa intensità. «Smettila di piangere, mi dai sui nervi!» grida quello prendendola per il collo e buttandola sul balcone. Ormai è notte, fa freddo: le sembra di essere tornata a Costanza, quando sua madre la puniva tenendola al gelo per ore. «Mi butto dieci minuti sul letto» dice uno dei suoi aguzzini spostandosi in camera. L'altro lo segue, tanto la preda è in trappola: dal balcone alla strada ci sono almeno trenta metri. Corina cerca di pensare, ma non ci riesce; sa che da un momento all'altro suoneranno il citofono, e la sua vita sarà finita. Quanti saranno, cinque, dieci? L'idea di quello che l'aspetta è intollerabile: le mani che la tengono ferma mentre quei porci si slacciano i pantaloni. Ancora quelle risate, le botte, le bruciature. Come con i Pataku, anzi peggio, perché a questi non basta umiliarti, violentarti. Vogliono la tua vita per sempre, finché un cliente non ti taglia la gola o le malattie non ti portano via.

No, un'altra volta no. Molto meglio buttarsi di sotto. Fa per scavalcare l'inferriata e lasciarsi cadere, quando si accorge che a circa un metro, lungo il cornicione, c'è la grondaia: se riesce ad afferrarla, può provare a scivolare. Tremando come una foglia, senza mai guardare giù, Corina striscia lungo il muro e afferra forte la grondaia. Centimetro dopo centimetro, comincia a scendere. Ogni cinque-sei metri circa, tra un piano e l'altro, può riposarsi sul cornicione. Il minimo indispensabile, però: i torturatori potrebbero arrivare da un momento all'altro. In qualche appartamento c'è ancora la luce accesa, ma Corina non se la sente di chiedere aiuto, non si fida più di nessuno.

In qualche punto la grondaia è rotta, le ferisce le mani, ma la voglia di scappare è più forte del dolore. Quando ormai è arrivata al secondo piano, sente delle voci in strada e si ferma in preda al panico: sono solo dei ragazzi che tornano a casa ridendo, prendendo a calci un barattolo. Riprende la discesa; nonostante il freddo, è sudata fradicia. I palmi delle mani sono coperti di sangue, i polpacci torturati dai crampi. Mancano solo pochi metri, sembrano interminabili: che beffa sarebbe cadere proprio adesso. Un'ultima sosta, dieci secondi, poi a due metri dal suolo Corina si lascia andare. Crolla a terra, non si muove, le sembra impossibile di essere ancora tutta intera. Sente un dolore forte a una caviglia, ma riesce ad appoggiarla: dev'essere solo una storta. Cerca comunque di correre, il suo respiro è talmente affannoso che la spaventa. «Non smettere, non smettere!» Ma è proprio sua quella voce? Quasi non la riconosce. Dopo venti minuti vissuti da indemoniata, correndo, cadendo, rialzandosi e ancora correndo, si ritrova finalmente in una zona conosciuta. Qui sa dove nascondersi. Si rintana in un vicolo, sul retro di un negozio. Si appoggia al muro, si lascia cadere e comincia a piangere. I singhiozzi quasi le bloccano il respiro. Paura, sollievo, rabbia, felicità di averla fatta franca: neppure lei sa cosa sta provando, mentre cerca inutilmente di calmarsi. Solo dopo mezz'ora riesce a riprendere il cammino verso il suo nascondiglio notturno. Trova una fontanella, si sciacqua le mani: sono piene di tagli. Pazienza, ci penserà domani. Solleva il tombino e torna a casa. Per la prima volta da quando è a Bucarest, calarsi sottoterra le sembra una fortuna.

Sparita. Nessuno sa dove sia, o ha idea di dove possa nascondersi. Laura, l'infame che ha venduto Corina, a quanto pare se l'è filata. Quando ha saputo da Corina cos'era successo, Georgi ha sparpagliato i suoi fedelissimi in giro per Bucarest, per trovarla e fargliela pagare. Niente da fare, però: la vendetta deve aspettare. Mentre il suo fidanzato è pazzo di rabbia, Corina ha altro a cui pensare: le ferite alle mani sono profonde e la fanno penare. Forse dovrebbe farsi visitare al pronto soccorso, ma non ci pensa nemmeno. Dopo quello che le è capitato, l'idea di sopportare gli sguardi schifati e le battutine di medici e infermieri le dà il voltastomaco. Il vero problema è nella sua testa: dopo lo choc subito, non ha più voglia di salire in superficie. Prima il mondo le faceva solo schifo, ora la terrorizza. Acquattata nel buio, piena di paura e di colla, resta da sola per una settimana. Poi, pian piano, ricomincia a mettere il naso fuori, scortata dal gruppo. Ci vuole più di un mese, però, perché riprenda le sue abitudini e, almeno all'apparenza, torni quella di prima, la "dura" che tutti conoscono. Ricomincia a guardarsi intorno, a fare qualche furtarello, a tenersi informata su quello che accade in città. Non molto, a dire il vero. Qualcosa di nuovo, però, c'è. Georgi dice che ogni tanto, davanti alla Gara, c'è uno scemo vestito da clown che fa strani giochi.

Capitolo 9

Le immagini della tivù sono sgranate, e il cameraman probabilmente ha avuto l'ordine di non inquadrare le macchie di sangue. Anche così, comunque, la scena è sconcertante, irreale. Due corpi senza vita, sporchi di fango e coperti di nevischio. Nicolae ed Elena Ceausescu, il dittatore che ha terrorizzato la Romania e sua moglie. Fucilati il giorno di Natale del 1989, per ordine del Fronte di Salvezza nazionale. Il regime è caduto, e il telegiornale spiega che la gente ha invaso le strade, chiedendo cibo e libertà.

Tra i miliardi di occhi incollati ai teleschermi di tutto il mondo, ci sono anche quelli di Miloud Oukili. Di Bucarest non sa assolutamente nulla, e non può certo immaginare il legame che in futuro lo unirà a quella città. Segue il macabro reportage, come ipnotizzato: per un ragazzino di diciassette anni, affamato di vita, non c'è niente di più affascinante di una rivoluzione. Della caduta del tiranno non gliene frega niente; a elettrizzarlo è l'idea di un fiume di persone che scorre per la città, chiedendo una vita migliore.

La stessa che suo padre era andato a cercare in Francia negli anni Settanta, lasciando l'Algeria. Storia bizzarra, quella della famiglia Oukili: la mamma di Miloud, parigina, si trasferisce ad Algeri negli anni Sessanta subito dopo che l'esercito francese ha lasciato il Paese, accettando di malavoglia l'indipendenza della nazione. Mentre decine di migliaia di francesi lasciano l'Africa per tornare a casa, la ragazza compie il percorso inverso: ad Algeri trova il terreno ideale per la sua voglia d'indipendenza e, dopo un po', anche un marito. Quando nasce Miloud, nel '72, però, i conti cominciano a non tornare, e la famiglia decide di andare a vivere nel Paese della madre.

L'accoglienza non è delle migliori: dopo anni di guerra, gli algerini non sono molto popolari in Francia. Gli adulti cercano di non reagire a insulti e provocazioni, ma per il bambino non è così semplice. Un giorno Miloud torna a casa da scuola molto agitato: "Mi chiamano sporco arabo" sussurra tremando. Il padre si sforza di tranquillizzarlo con una battuta. "Perché, stamattina non ti sei lavato?" Il bambino, però, continua a non capire l'astio dei compagni. "Papà, dicono che io non sono come loro…" "È vero, sei metà francese e metà algerino, e allora? La diversità è una ricchezza, non un handicap. Tu hai qualcosa in più di loro, non te lo dimenticare mai!" Miloud sorride: anche se è ancora un po' spaventato, è felice perché papà sa sempre come farlo sentire meglio. Da quel giorno, quando qualcuno gli dà addosso, ripensa alle sue parole e non se la prende più di tanto.

Nonostante i problemi economici e sociali, la famiglia Oukili è felice. Per aiutare il figlio a crescere, prendendosi le proprie responsabilità, i genitori lo mandano in un liceo unico del suo genere, dove gli studenti sono chiamati all'autogestione. Si tratta di un esperimento, realizzato con il consenso e l'aiuto degli adulti. Miloud è sveglio, ma si capisce subito che il suo futuro non è sui banchi: il professore di letteratura non infierisce, anzi lo coccola. "Sei un bel tipo, tu. Anche quando non sai niente, ti salvi sorridendo."

Sì, Miloud sa come piacere alla gente: è un dono di natura. Già a scuola qualcuno lo nota, e gli propone di fare il fotomodello. Alto, snello, sorriso contagioso e occhi di fuoco, si ritrova la strada spianata per una carriera che da Parigi potrebbe portarlo in giro per il mondo. Dopo qualche mese, però, Miloud rinuncia: l'idea di viaggiare lo affascina, certo, ma vuole farlo a modo suo. Ama troppo la vita da nomade per farsi ingabbiare in una carovana di assistenti, addetti stampa e parrucchieri. Così, lentamente, abbandona gli atelier per il palcoscenico: frequenta una scuola di arti circensi, impara giochi e burle, si trasforma in clown, mimo, acrobata e giocoliere.

Il suo progetto di vita è semplice: girare, conoscere altri ragazzi, avere amici dappertutto. Non appena riesce a racimolare i soldi per un biglietto aereo, lo compra e parte. A volte, prima di muoversi, prende contatto con qualche associazione di volontariato, in grado di ospitarlo; altrimenti, dell'alloggio si preoccupa solo dopo l'arrivo.

Va in Nicaragua, Brasile, Messico, Somalia. Le cose non vanno sempre lisce, ma niente riesce a deprimerlo. A Mogadiscio un addetto alla dogana lo blocca: il passaporto non ha il visto. Miloud finge di non capire, inforca il monociclo e comincia a girare per l'aeroporto. La gente ride, il funzionario chiude un occhio e lo lascia passare.

Si sposta freneticamente da un Paese all'altro, dominato da una curiosità inarrestabile. In Paesi molto diversi l'uno dall'altro, è colpito dalla condizione dei bambini. Nei quartieri più poveri di Antigua come nei bassifondi di San Paolo, ma anche nei ghetti neri di New York, le prime vittime della miseria e della violenza sono proprio loro.

A Miloud torna in mente una delle frasi "storiche" di suo padre: "I bambini maltrattati, quando crescono, si vendicano. Da vittime, diventano carnefici e torturano altri bambini." Una spirale assurda che non finisce mai.

Come sarà la vendetta di questi derelitti picchiati, violentati, costretti a lavorare gratis o quasi per quattordici ore al giorno? Il giovane Oukili non lo sa, e non vuole aspettare di vederla esplodere per rendersene conto. Non si sente un missionario, né un eroe: semplicemente non gli va di stare immobile quando vede qualcosa di brutto. Visitare gli ospedali e gli orfanotrofi, dedicare un gioco di prestigio a chi sta male, regalargli un sorriso indossando un buffo naso rosso che sbuca da una tasca: sono queste le armi di Miloud nella sua battaglia quotidiana.

L'idea gliel'hanno data i disperati del Parco di Chapulec, a Città del Messico. Piccoli vagabondi che cercano di resistere in ogni modo: rubano, si prostituiscono, organizzano piccoli spettacoli per i passanti, a metà tra circo e folklore. Un po' di rosso sul viso, e le favolose maschere Maya come modello: anche questo può servire a raccattare qualche spicciolo.

Per Miloud è una folgorazione: non avrebbe mai pensato che i trucchi imparati a Parigi gli sarebbero serviti a migliaia di chilometri di distanza, per farsi qualche nuovo amico. Si esibisce accanto ai piccoli messicani, insegna qualche gioco nuovo, conquista la loro fiducia.

Tornato a casa, fa amicizia con alcuni volontari di Handicap International, una delle poche organizzazioni che opera anche in Romania. Da loro Miloud viene a sapere che per le strade di Bucarest vivono migliaia di bambini abbandonati a se stessi.

Non ha neppure bisogno di pensarci: ha già deciso. La sua avventura comincia così, nel 1992, a vent'anni. Una volta a Bucarest, mette a frutto l'esperienza messicana: usare le clownerie per conquistare la fiducia dei ragazzi. Comincia a girare per le piazze, con il naso finto e una valigia in cui tiene i giochi di prestigio. Non ha bisogno di cercare i boskettari: è convinto che saranno loro a trovare lui. Non si presenta come un messia venuto a salvare i disperati, né gli interessa fare colpo: per quello bastano le sue scarpe giallo fluorescente, i calzettoni a righe e i giochi.

Tutti restano a bocca aperta vedendo le sue magie, il fuoco che esce dalla bocca, le torce che volano tra le dita. Così, quasi senza accorgersene, i duri delle bande si ritrovano a fare da claque agli spettacoli del pagliaccio venuto da Parigi. Una città che non è molto fiera del suo filantropo errante: alle autorità francesi la sua "missione" non piace, dicono che con certi comportamenti discutibili scredita il prestigio nazionale. "Quell'Oukili..." Vive come un clochard, si mescola con la peggior feccia romena, autorizza sospetti di perversioni sessuali, se non addirittura di pedofilia: quel suo circondarsi di bambini ha un che di equivoco, di morboso. E poi, con le sue bravate, provoca imbarazzo: si presenta negli uffici dell'ambasciata vestito da clown, ha un atteggiamento strafottente, non perde occasione per insultare il governo di Bucarest e criticare la sua indifferenza verso certi problemi. Non ha rispetto per la polizia, provoca gli agenti che gli chiedono i documenti e, se qualcuno cerca di impedire i suoi spettacoli, fa di tutto finché non lo arrestano per resistenza a pubblico ufficiale.

Cosa si fa, in casi come questo? Le solite cose, bastone e carota, minacce e complimenti, che però non servono a niente. Il governo aspetta e, quando Miloud deve rientrare in Francia perché gli è scaduto il permesso di soggiorno in Romania, fa di tutto per impedirne il rinnovo. Ma lui non molla, e alla fine riesce a ripartire. In fondo è un volontario di un'associazione umanitaria, dargli troppo addosso potrebbe essere controproducente.

Un giorno, durante uno dei suoi viaggi, Miloud aveva conosciuto Nicu, un ragazzo albanese che gli aveva raccontato una storia semplice e terribile. Quando decide di lasciare Tirana in cerca di fortuna, Nicu va a salutare sua madre; lei non si oppone alla sua decisione, anzi lo abbraccia forte e gli sussurra: "Promettimi che non tornerai." Dopo una vita scandita dalla miseria e dalla desolazione, quella povera donna vede nella fuga del figlio l'unico motivo di speranza; pur di risparmiare al suo ragazzo le umiliazioni che lei ha dovuto subire, si augura di non rivederlo mai più.

A Miloud era sembrata una storia di una tristezza devastante; arrivando a Bucarest, però, si abitua a sentirne parecchie, di storie come questa, o anche peggiori. La Romania è in crisi, e chi può se la fila; Miloud, invece, decide di restare. Proprio come capitò a sua madre con l'Algeria, si sente attratto da una nazione in ginocchio, ma finalmente libera e capace di sognare un futuro migliore.

Appena arrivato, si sistema su una brandina nell'ufficio di Handicap International, e passa le giornate facendo "irruzione" in orfanotrofi, ospedali, ricoveri di ogni tipo. Ogni angolo della città, comunque, è buono per dare spettacolo e guadagnarsi il pranzo: anche Miloud deve imparare alla svelta quali sono i luoghi più frequentati della città. Inevitabile che la Gara du Nord diventi uno dei suoi palcoscenici abituali.

Il pubblico è numeroso ed eterogeneo: frettolosi viaggiatori in partenza e altri che, appena arrivati, si fermano incuriositi; sfaccendati e poliziotti, ferrovieri e mendicanti. E naturalmente, i ragazzi dei canali, che di tempo da perdere ne hanno a volontà.

Un giorno, però, l'atmosfera lieve dello spettacolo viene turbata dalle urla di due energumeni. Ce l'hanno con un gruppo di boskettari, che osserva in silenzio le magie di Miloud. «Senti che puzza! Ma perché non tornate nelle fogne? È quello il vostro posto. Qui non ci potete stare, solo a guardarvi viene voglia di vomitare.»

Qualcuno ride, altri annuiscono. I ragazzi non reagiscono, ma così la collera degli aggressori raddoppia. Uno si scaglia verso i ragazzi e sferra un pugno, che però va a vuoto. La rissa sembra inevitabile, quando interviene Miloud. Fare da paciere non è nel suo stile: fosse per lui, prenderebbe quei bifolchi a calci in faccia. Ma, viste le circostanze, è meglio trasformare la violenza in allegria: il clown si avvicina, mima l'aggressione, finge di dare un pugno anche lui, provocando le risate del pubblico.

I due esaltati non sanno più come comportarsi: come si fa a fare a botte mentre la gente intorno sghignazza? Se ne vanno imprecando, e lo spettacolo può continuare. Il fuori programma, a quanto pare, ha divertito il pubblico: alla fine, svuotando il cappello pieno di monete, Miloud scopre che l'incasso è superiore alla media. Si avvicina agli spettatori più lerci della piazza, e divide con loro il suo piccolo gruzzolo. Quelli lo guardano come fosse un deficiente: dopo averli salvati dal pestaggio, regala loro anche qualche soldo. Che sia buono o solo stupido, il pagliaccio si guadagna una certa popolarità. La storia gira per i canali, e gli procura una nuova schiera di fan: sono più interessati al denaro che all'arte, ma sono comunque i benvenuti. Tra di loro i boskettari lo chiamano "il caprone", perché porta una strana barbetta e ha i capelli lunghi. Le prime schermaglie tra le bande e il nuovo arrivato sono molto caute: ogni giorno, dopo lo spettacolo, quando gli spettatori "normali" se ne vanno, Miloud ripone i suoi strumenti di lavoro con studiata lentezza, per lasciare ai ragazzi il tempo di avvicinarsi. Si finge stupito del loro arrivo, rimane un po' con loro, dedica all'uno e all'altro qualche trucco mai fatto prima. È un gioco di sguardi, di sorrisi, di inevitabili silenzi: Miloud non sa una parola di romeno. Il pagliaccio si mostra molto sicuro di sé: ha capito da tempo che la strada non perdona chi ha paura. Vivere qui è come recitare: chi bluffa e viene scoperto, fa una brutta fine.

Con il passare del tempo, i contatti si moltiplicano, e tra le parti comincia una specie di scambio. Il clown insegna i giochi, mentre i ragazzi gli svelano la loro lingua. È il primo passo, il più importante. Miloud sa che deve sorprenderli sempre, anche senza agitare birilli e torce. Se gli chiedono una moneta, risponde: «Come stai?» e sorride. Non scappa, non ha mai fretta, se ne frega dello sporco e dei cattivi odori, si comporta come se si sentisse uno di loro. Un tipo del genere i boskettari non se l'aspettavano proprio; niente a che vedere con i soliti "benefattori" stranieri, quelli che fanno del bene solo in orario d'ufficio.

Se qualcuno non sta al suo gioco e minaccia di spaccargli la faccia, Miloud si difende scherzando e sputando fuoco. Sorride sempre, ma non sfotte mai. Gli piace giocare, ma è una persona seria. Non fa il superiore, riesce sempre a sembrare più sporco, più matto, più ladro di tutti gli altri. Quando fa una domanda, li guarda in faccia e non li lascia andare via finché non hanno risposto. Li coinvolge in tutto quello che fa, non ha zone protette. Sa che in strada tutti sono abituati a chiedere, ma nessuno si aspetta di dover rispondere, raccontare una storia, condividere uno stato d'animo. Li fa sentire importanti, asseconda il loro essere bambini. Magari travestiti da adulti, ma sempre bambini. Li illude di essere quello che sembra, un balordo in cerca di avventure, pronto a farsi sfottere e derubare. Quando si prendono gioco di lui, Miloud è contento: anche questo fa parte del suo piano. Avranno tempo per scoprire che è un duro. Un figlio di puttana che non regala niente a nessuno e, con le buone o con le cattive, li tirerà fuori dalle fogne.

Capitolo 10

Quando i ragazzi vanno a frugare nella sua borsa, dopo lo spettacolo, Miloud lascia fare: li studia con attenzione mentre osservano rapiti le clave, le palle colorate, le carte. Non si capisce se sono più stupiti da quegli oggetti colorati o dal fatto che il clown non si arrabbi. Non hanno mai giocato, questo si capisce benissimo; sono piccoli, ma non sono mai stati bambini. Miloud è sorpreso da quanto sono diversi l'uno dall'altro: gracili o muscolosi, spauriti o con la faccia da bandito, silenziosi o sopra le righe. Non hanno nulla in comune, se non il destino di strada.

Il clown è furbo: sa creare un clima allegro, e non si lascia smontare dalle frequenti, selvagge esplosioni di collera che incendiano il gruppo.

Settimana dopo settimana, con una determinazione ferrea, si appropria della lingua: quella parlata, prima di tutto, ma anche quella dei gesti, delle occhiate. Miloud tocca, abbraccia, non dà tregua a chi è diffidente. «Se ti sto a un metro, magari mi dai una coltellata. Ma uccideresti uno che ti sta abbracciando?»

I ragazzi non capiscono, non reagiscono, e così di fatto accettano il suo strano modo di fare.

Resta l'ultimo passo, quello decisivo: la discesa nei canali. Una sera, quando si accorge che i suoi amici se ne stanno andando, il pagliaccio si toglie il naso rosso e li segue. Sguardi sorpresi, qualche parola biascicata, ma nessuna reazione negativa. Amico, se va bene a te, non ci sono problemi. Dopo una lunga camminata, il gruppo arriva a destinazione. La porta è un tombino, le "stanze" si aprono sotto gli enormi tubi dell'acqua bollente. Per terra, accanto ai cartoni, qualche candela, sacchetti di colla e rifiuti. Da una borsa di plastica, qualcuno tira fuori una strana refurtiva: un centinaio tra lettere e cartoline rubate da una cassetta della posta. Servono per accendere il fuoco: organizzazione perfetta. Gli occhi sono tutti puntati sull'intruso, che non perde però la sua naturalezza; racconta storie del circo, di grandi artisti conosciuti in giro per il mondo, di amici incontrati in Brasile o chissà dove. Dopo mezz'ora è già uno di casa; a nessuno sembra strano che stia lì, appoggi la testa sulla borsa e cerchi di prendere sonno. Un sonno agitato, spezzettato: difficile restare calmo, trovandosi per la prima volta in un sotterraneo puzzolente, con il fuoco acceso a trenta centimetri di distanza. E poi, lì vicino, non ci sono solo i suoi amici, ma anche altre facce da galera che ha visto in azione per la strada: gente che per una moneta non esita a tirar fuori coltelli e rasoi. Per un attimo, Miloud ha paura. Non vorrebbe, ma non può farne a meno: "Adesso chiudo gli occhi, e non mi risveglio più..." Qualcuno lo tocca: scatta come una molla, svegliandosi. Sono due ragazzi, accovacciati accanto a lui, che gli stringono le gambe. Forse vogliono solo scaldarsi, o sentirsi più vicini al nuovo ospite. In breve il loro esempio viene seguito da altri: Miloud è circondato da otto corpi. Si sente come una lupa, con i cuccioli attaccati alle mammelle; il resto della notte è un ricordo insonne e indelebile.

Miloud a Bucarest trova la prima generazione di ragazzi di strada, la più sfortunata: ne fanno parte tra gli altri Corina, Rafael, Mia. Prima dell'arrivo di Miloud sono stati completamente soli, senza altro appoggio che gli sgangherati centri di accoglienza romeni.

Tra Corina e il pagliaccio francese, però, non è amore a prima vista. La ragazzina di Costanza è uno delle più avvelenate verso gli stranieri: quelli che ha conosciuto finora erano quasi tutti bastardi senza cuore. Turisti pedofili, o giornalisti a caccia di scoop che ti danno una banconota per scattarti una foto accanto al bidone della spazzatura. Pregiudizi a parte, per Corina è un periodo nerissimo; non è mai stata così male, e odia tutti: anche Georgi, con cui rompe dopo una litigata furibonda. Si mette con Marian, un altro pezzo grosso del canale, ma ci vorrebbe ben altro per cambiarle l'umore. Il pensiero della morte non la lascia mai; nei momenti peggiori è lei a cercarlo, come se chiudere gli occhi fosse meglio che vivere in quel modo. Anche quando sta un po' meglio, non riesce a togliersi dalla testa che la fine è vicina. Ridotta in questo stato, Corina non ha tempo né voglia di dare spago a quello strambo clown: lo guarda con un misto di ostilità e compatimento, e l'unica cosa che le interessa è cercare di spillargli qualche spicciolo per la colla. Miloud, dal canto suo, non ci mette molto a inquadrarla: una persona buona massacrata dalla vita, che pensa di potersi difendere solo odiando il mondo. Un osso duro, difficilissimo da trattare. Ma al "caprone" le sfide piacciono, e la strada gli fa salire l'adrenalina a mille. Come esca per avvicinarla a sé usa il cibo e il sorriso, ma di soldi non ne offre. Per lui Corina è una scommessa: l'intuito gli dice che, se riesce a raddrizzare lei, avrà trovato un'alleata formidabile per il progetto che ha in mente.

Il Capodanno del '93, il primo che i boskettari trascorrono con Miloud, è un altro momento di svolta. Abituati a vivere le feste come il momento più penoso, i ragazzi si lasciano contagiare volentieri dall'entusiasmo di Miloud, che scende nel canale con i dolcetti comprati in un negozio. Nessuno capisce perché ha voluto pagare a tutti i costi: non era più semplice rubarli? In ogni caso, la differenza si sente: quando sono accanto al nuovo amico, i ragazzi hanno meno paura. Paragonata alla loro giornata tipo, quella piccola festicciola sotteranea sembra un veglione di lusso. E che emozione, quando l'artista concede a qualcuno di imitare questo o quel gioco.

L'unica cosa che nessuno capisce sono i suoi discorsi sull'importanza di cambiare vita. Incoraggiato dai risultati ottenuti, Miloud ha cominciato la fase due: "Ragazzi, sottoterra ci siete già. Potete soltanto risalire." Sorridendo, dice cose terribilmente serie; il messaggio, però, non è facile da assimilare. Ai ragazzi piace essere coccolati, aiutati e soprattutto compatiti. Quando sentono parlare di educazione, rispetto di sé, recupero della dignità, storcono la bocca e, in molti casi, diventano rabbiosi e violenti. "Non abbiamo sofferto abbastanza? Che cosa dobbiamo dimostrare? Chi se ne frega di quello che pensano quei bastardi là fuori..."

Miloud, però, non si scoraggia. La sua tribuna cambia ogni giorno: può essere una panchina davanti alla Gara, una fermata d'autobus di Piazza Romana, un muretto della metropolitana di Brancoveanu. Il contenuto, invece, è sempre lo stesso. "Fatemi vedere cosa sapete fare per voi stessi, e poi io farò qualcosa per voi."

Il clown ha messo giù le carte, o la va o la spacca: se non gli rompono la testa, magari gli danno retta. Poche regole, semplicissime: basta colla, basta furti, basta vivere nel sudiciume. «La rabbia va bene se aiuta a costruire qualcosa. Distruggere non serve a niente, e soprattutto non serve a voi.» Altro che pollo da spennare, Miloud ha fregato tutti; ha parlato di una vita nuova, ne ha fatto quasi sentire il profumo, ma ora mette le prime trappole. È sempre gentile, sorridente, ma inflessibile: ti guarda negli occhi, e quando fa una domanda vuole una risposta. Subito. Il messaggio è chiaro: non è da tutti avere un futuro, specialmente per chi è rotolato tanto in basso. È un privilegio che bisogna meritare e una questione di dignità: «Nessuno vi rispetta perché voi per primi non vi rispettate.» D'ora in poi la schiena va tenuta dritta; basta vivere come sorci, sporchi e felici di esserlo. «Io vi ho mostrato che la vita può essere migliore; ora tocca a voi.» Un ladro non può fare il giocoliere, e la colla non va d'accordo con il circo.

È uno choc. Maledizioni, minacce, silenzi: ognuno reagisce a modo suo. Miloud rischia di prenderle, ma l'atteggiamento prevalente è di delusione. «Ve l'avevo detto che era un bastardo come tutti gli altri!» «Vada al diavolo lui e i suoi giochi di prestigio!» «Io non prendo ordini da nessuno.» In realtà la provocazione di Miloud ingigantisce la frattura tra i ragazzi: quelli che hanno ancora la lucidità per intuire la grande occasione hanno già deciso di seguire il nuovo corso. Sono confusi, malconci, hanno paura di non farcela, ma hanno comunque voglia di provarci. Gli altri, quelli più incattiviti, sono in realtà irrecuperabili, perché ormai non riescono neppure a immaginare una vita senza sballo, scippi, scazzottate. Magari senza rendersene conto, preferiscono essere "qualcuno" nei canali che cercare un'improbabile rinascita nel mondo normale. In mezzo, e sono la maggioranza, quelli che non hanno più speranze né rancori, e si lasciano vivere. Sono i vinti, un esercito di ombre che ha staccato la spina e guarda gli altri senza capirne entusiasmi e recriminazioni.

Corina all'inizio è furibonda con Miloud, vorrebbe cavargli gli occhi. A disarmarla, però, è la lealtà del clown: dice sempre quello che pensa, guardandola dritto in faccia, e mantiene le promesse. Non manca un appuntamento, l'aiuta quando sta male, l'accompagna all'ospedale o dovunque debba andare, litigando furiosamente se non viene trattata come tutti gli altri. Corina lo guarda e pensa a sua madre, che le prometteva una bicicletta in regalo in caso di promozione e poi, alla fine dell'anno scolastico, le rideva in faccia: "Credevi che parlassi sul serio? Sei proprio un'idiota!" Se hai avuto un'infanzia così, non puoi avercela con uno come Miloud, e infatti Corina pian piano impara a volergli bene. Fatica a staccarsi dal cliché della maledetta senza speranza, ma non può negare che, quando il clown le si avvicina, tutto sembra meno brutto. Al tempo stesso, però, lo odia, perché Miloud ha capito quello che lei si rifiuta di accettare: non tutti riusciranno a salvarsi. Anche i ragazzi di Bucarest non sono tutti uguali: ci sono i forti e i deboli, i sani e i malati, i coraggiosi e i vigliacchi, chi resta vivo dopo uno stupro di gruppo e chi va via di testa per un ceffone. Miloud concede una chance a tutti, ma sa che – una volta partito – non può rallentare, altrimenti perderà anche quelli che tengono il suo passo. E Corina, non potendo dare la colpa agli amici che restano indietro, se la prende con Miloud.

È un periodo nervoso, in cui ai momenti di euforia fanno seguito bruschi scatti d'ira. Una sera, durante una specie di assemblea a cielo aperto, Miloud deve fronteggiare la rivolta: almeno quaranta ragazzi urlano, si lamentano, lo accusano. Il calo dei furti ha ridotto i fondi, e l'astinenza da Aurolac rende molti aggressivi e violenti. In certe condizioni, il pessimismo prevale. Corina è in prima fila: «Non ce la faccio più, non posso morire di fame. Se va avanti così, ho deciso: vado a fare la puttana.» Passa un secondo, e Miloud risponde secco: «Bene. Fammi sapere dove vai a battere, così sarò il tuo primo cliente!» L'effetto è quello di una frustata. Cala un silenzio assoluto, poi la risata del pagliaccio trascina quelle degli altri. È riuscito un'altra volta a domare le piccole belve.

Nonostante le sue magie e un'inesauribile carica vitale, però, i primi anni romeni di Miloud sono davvero difficili. Gli amici sono pochi, e di finanziamenti non se ne parla neppure: qualche donazione isolata, ma tutto finisce lì. I ragazzi, inoltre, lo tengono costantemente sotto pressione, e condividerne lo stile di vita mette a dura prova il suo organismo. Le insidie peggiori, però, vengono dal mondo esterno: stizzite dalle sue stoccate – "Che paese è quello che lascia in strada i suoi bambini?" – le istituzioni romene non hanno nessuna intenzione di dargli una mano. Quanto a quelle internazionali, se ne stanno quasi tutte alla larga dalla Romania. Il clown deve guardarsi anche dalla collera degli schiavisti: il suo intervento per le strade di Bucarest ha fatto perdere un sacco di soldi al racket della prostituzione. Prima dei suoi discorsi sulla dignità, le ragazzine erano confuse, fragili, prede molto più facili da irretire. L'entrata in scena di Miloud ha complicato la vita anche ai pedofili. Li cerca, li spia, li accusa pubblicamente, costringendoli a fuggire sotto gli occhi di centinaia di persone. Testardo, infaticabile, a volte sprezzante: il ragazzo dal naso rosso si è fatto un sacco di nemici, e qualcuno ha giurato di fargliela pagare cara.

Capitolo 11

L'avvocato rigira il foglio tra le dita, con lo sguardo fisso nel vuoto. Sembra che stia cercando mentalmente una soluzione a un problema molto serio. Poi ha un sussulto, guarda negli occhi l'amico e sussurra poche parole. «Miloud, è una cosa seria. Puoi finire sotto processo: queste sono accuse gravissime. Se vieni condannato, rischi molti anni di carcere: dammi retta, non è una cosa da prendere sotto gamba. Dobbiamo muoverci subito.»

Il volto del ragazzo francese diventa cupo: abituato ad affrontare i problemi con il sorriso sulle labbra, si era illuso di liquidare anche questo "contrattempo" con una scrollata di spalle e una risata beffarda.

Stavolta, però, sarebbe un peccato d'incoscienza. Il documento parla chiaro. La polizia vuole interrogarlo: c'è una denuncia contro di lui, per violenza ai danni di minori. Lo accusano in sei: giurano di averlo visto mentre molestava i ragazzi per strada, uno sostiene di aver addirittura assistito a un suo rapporto con un bambino.

Proprio lui, che ha preso per il collo almeno cento di quegli schifosi che adescano i piccoli con quattro spiccioli, si ritrova sospettato di violenza!

Con la polizia romena, del resto, è meglio non scherzare: capace di chiudere tutti e due gli occhi per anni, quando si mette in moto dimostra di aver conservato la brutalità del regime di Ceausescu. Ne sanno qualcosa gli stessi ragazzi di strada: periodicamente, dopo mesi di ruberie indisturbate, vengono bloccati e riempiti di botte.

Miloud capisce che avrebbe dovuto aspettarselo, questo scherzetto: ha pestato troppi piedi, per farla franca. Il problema è che la polizia romena lo conosce, lo ha già messo dentro un paio di volte per vagabondaggio e oltraggio a pubblico ufficiale; insomma, non lo ama certamente, e non ci sarebbe da stupirsi se qualche funzionario zelante, magari uno di quelli che Miloud ha irriso, fosse compiaciuto all'idea di fargli passare un guaio.

Seguendo i consigli dell'amico avvocato, Miloud cerca di studiare una strategia: è fondamentale evitare il processo. Quando certe accuse, vere o false che siano, arrivano in aula, c'è sempre il rischio che nell'opinione pubblica monti una crociata moralistica, la voglia di dare un esempio. Se a questo si aggiunge che Miloud è straniero, come tanti veri pedofili ben conosciuti a Bucarest, e che non ha mai perso occasione per criticare la Romania, è chiaro che la situazione non è allegra.

In teoria può contare su una miriade di testimoni a discarico, i suoi ragazzi: ma quanti sarebbero disposti a prendere sul serio le loro dichiarazioni? L'accusa potrebbe facilmente instillare il dubbio che siano stati manipolati, plagiati o addirittura minacciati. No, sarebbe molto meglio trovare un punto debole nella versione degli accusatori.

Mentre Miloud finge di andare avanti come se niente fosse, qualche suo amico ben introdotto comincia a fare domande in giro e, dopo alcuni giorni di indagini ufficiose, fa una scoperta sensazionale: il calunniatore numero uno, quello che giura di aver visto Miloud abusare di un bambino, ha precedenti per atti osceni in luogo pubblico. È stato arrestato tre anni prima, si masturbava nei pressi di una scuola. Miloud osserva una sua foto e subito lo riconosce: è uno di quelli che ha scacciato a calci dalla Gara, mentre cercava "compagnia".

Adesso è tutto chiaro: il complotto contro Miloud è la vendetta dei pedofili contro il ragazzo che è venuto a ficcare il naso nella loro riserva di caccia. Torchiato dalla polizia, il maniaco confessa di essersi inventato tutto, di aver voluto punire quello straniero che lo aveva insultato "senza motivo". Timorosi di finire dentro, i suoi complici ritirano le accuse, e il caso si sgonfia. Neppure nella Bucarest disastrata di metà anni Novanta può andare in porto una congiura così mal costruita. Miloud tira un sospiro di sollievo, ma si rende conto di essere in una situazione scomoda e vagamente paradossale: anche se la parola "benefattore" gli fa orrore, non c'è dubbio che il suo lavoro in Romania punti a salvare la vita di molti bambini. Insomma, non è certo un delinquente: perché allora tutti ce l'hanno con lui? Ambasciata francese, polizia romena, benpensanti di Bucarest... Perfino tra quelli che cerca di proteggere ci sono molti che non tollerano la sua intransigenza. Oukili è ancora troppo giovane e irruente per accettare compromessi e rendersi conto che, per vincere le guerre, ogni tanto serve qualche alleanza. Però comincia a intuire che, se vuole ottenere davvero i risultati che ha in mente, non può fare tutto da solo: deve guadagnare credito e visibilità agli occhi dell'opinione pubblica.

Per ora, comunque, non ha molto tempo per le

strategie: le cose da fare sono tantissime. Miloud ha convinto Corina e altri ragazzi più "evoluti" a ritornare a scuola. Per persuaderli ha usato tutto il suo carisma, e i giochi del circo come arma di scambio: chi va a scuola, diventerà anche un provetto giocoliere, parola di clown. Certo, vincere la diffidenza dei ragazzi è il passo più duro. Dopo anni da incubo, non è facile ripulirsi dalla colla e dalla sporcizia, indossare un vestito pulito o quasi, e presentarsi in una stanza dove altri venti bambini ti guarderanno come un fenomeno da baraccone. Tutti si aspettano sputi, risate, insulti, anche botte; qualcuno pensa perfino di presentarsi in classe con un coltello in tasca, a scanso di equivoci. A rintuzzare tutte le obiezioni ci pensa Miloud, un maestro nell'arte di convincere. Gli amici romeni e gli attivisti di Handicap International si occupano di un altro problema, altrettanto delicato: sondare la disponibilità delle scuole cittadine ad accogliere in classe questi elementi un po' particolari.

A parte qualche eccezione, le scuole pubbliche di Bucarest non assomigliano a collegi svizzeri. La situazione economica e sociale è critica, e di alunni senza libri e con i pantaloni rattoppati ce ne sono moltissimi. Anche in un ambiente depresso, però, l'inserimento di figure come Corina deve essere preparato con la massima attenzione. Certo, questi ragazzi sono romeni e, almeno ufficialmente, non hanno mai fatto niente di male. Ma come possono reagire in un contesto sconosciuto e potenzialmente ostile? Alcuni saranno in classe con ragazzi più piccoli di due o tre anni, e questo potrebbe peggiorare le cose. E se qualcuno li insulta e finisce all'ospedale? Quale insegnante accetterebbe un tredicenne capace da un momento all'altro di accendersi una sigaretta o di tirare fuori dalla tasca un sacchetto di colla? Per non parlare del rischio di furti, crisi isteriche, risse. Dopo mesi di faticose relazioni "diplomatiche", salta fuori un istituto disposto a correre il rischio. I ragazzi vengono separati: ognuno andrà in una classe diversa, per favorire la socializzazione con i nuovi compagni. Miloud sa che la sua puntata è molto alta: se anche uno solo dei suoi piccoli amici tradirà la fiducia, anche la sua credibilità personale finirà in briciole. D'altronde, nella sua visione delle cose, il ritorno a scuola è una tappa fondamentale per il recupero dei ragazzi.

Gli inizi sono abbastanza incoraggianti. Tralasciando il rendimento, che almeno in un primo momento non è considerato una priorità, i nuovi studenti si comportano abbastanza bene. Le provocazioni dei compagni, non si sa se per bontà d'animo o paura di ritorsioni, sono poche, e questo semplifica le cose. La nota più lieta, come Miloud immaginava, viene da Corina. Almeno all'apparenza, sembra ben disposta e vive il ritorno sui banchi in modo positivo. Studiare le è sempre piaciuto, Miloud lo sa bene, e – anche se i rapporti con i compagni di classe sono praticamente inesistenti, almeno all'inizio – un bagno di normalità le fa bene. Dal punto di vista fisico, prima di tutto: le aule sono molto più calde e pulite dei canali. Anche sotto il profilo psicologico, comunque, la frequenza scolastica ha un effetto benefico: passare mezza giornata con persone normali l'aiuta a ricordarsi che nella vita non esistono solo le tragedie. Certo, all'inizio vorrebbe strozzarli, quei bambinetti che se la fanno sotto perché il compito di matematica è pieno di errori e il maestro li ha rimproverati. Poi, però, si rende conto che hanno ragione loro. Sono queste le preoccupazioni che dovrebbe avere un ragazzino, non la paura delle malattie veneree e l'astinenza da colla. Dopo averli bruscamente recisi, Corina riallaccia lentamente i legami con la realtà, e questo ha un effetto rivoluzionario sul suo modo di pensare e di vivere. È un cambiamento lento, faticoso, contraddittorio: nei primi giorni di scuola si sente un'intrusa, è convinta che da un momento all'altro il maestro chiamerà il bidello per farla mandare via a calci nel sedere. Ci vogliono mesi perché consideri l'eventualità che nessuno, almeno tra quelle quattro mura, è interessato a renderle la vita impossibile. Poi, finalmente, abbassa la guardia e assapora la portata di quello che le sta succedendo. Si sente la superstite di un naufragio, una paziente incurabile che vede regredire i sintomi della malattia; non capisce come sia stato possibile, ma ha l'impressione di nascere un'altra volta. Di fronte a una sensazione simile, niente conta più: le battute cattive del compagno di classe, la consapevolezza di dover tornare ogni giorno in strada, il fatto di andare a scuola senza scarpe, perché durante la notte te le hanno rubate. Già, può capitare anche questo a chi non ha una casa: presentarsi in classe a piedi nudi, e affrontare gli sguardi allibiti di compagni e maestri, quando scoprono quel che è successo. Non è un problema, comunque; Miloud ne procura un altro paio, e si va avanti.

Per il clown non esistono momenti di tranquillità, ma finalmente nella sua giornata c'è spazio per qualche soddisfazione. Soprattutto Corina lo ripaga dei suoi sforzi. È lei, senza ombra di dubbio, quella che reagisce meglio all'esperimento-scuola. Così, quando il preside fa sapere a Miloud che ha bisogno di parlargli, lui non riesce proprio a immaginare di cosa si tratta. Se lo sapesse, si sentirebbe gelare il sangue.

Capitolo 12

Gli basta entrare in presidenza, per capire che è successo qualcosa di grave: il preside, il professor Balat, ha la faccia scura, come i docenti seduti di fronte a lui. All'arrivo di Miloud tutti si voltano con aria inquisitoria, gli sguardi esprimono disapprovazione e disprezzo.

Perché questo torvo comitato di accoglienza? Che cosa può essere successo? Ormai Miloud conosce piuttosto bene Balat, abbastanza per sapere che non è solo un bravo insegnante di lettere ma una persona per bene. Uno per il quale insegnare non significa soltanto fare lezione e dare voti: gli allievi sono prima di tutto esseri umani, spesso travolti da problemi molto più grandi di loro; ragazzini che hanno bisogno di comprensione e affetto. A Miloud piace pensare che anche per questo il professore sia diventato preside; in ogni caso, il clown nutre ammirazione e gratitudine per quell'uomo che – ignorando il sarcasmo e lo scetticismo di alcuni colleghi – ha accettato a scuola Corina e gli altri.

A lui, personalmente, Miloud ha giurato che non si sarebbe mai dovuto pentire della sua scelta, che i ragazzi avrebbero rigato diritto. Si era illuso che il preside condividesse il suo sogno, e non capisce perché adesso lo stia fissando con quegli occhi tristi e infuriati al tempo stesso.

«Signor Oukili...» Altro pessimo segno: fino a quel momento gli ha dato del tu. «Signor Oukili, devo parlarle di una faccenda molto delicata... Sono costretto a rivolgerle alcune domande indiscrete ma, viste le circostanze, non ho altra scelta. Quali sono esattamente i suoi rapporti con Corina?» Lontano anni luce dall'intuire cosa si celi dietro quella domanda, Miloud racconta gli avvenimenti degli ultimi mesi; il tono è gioviale, ma non strappa neppure un sorriso di cortesia. «Non mi pare che lei abbia capito. Cercherò di essere più chiaro: ci risulta che lei e Corina siate, per così dire, fidanzati...» A Miloud si ferma il cuore, diventa bianco come un cencio, l'espressione è quella di chi ha appena visto atterrare sulla Terra una colonia di extraterrestri. «È la cosa più assurda che abbia sentito in tutta la mia vita. Ha quattordici anni. Ma chi le ha detto una cosa del genere?» «Ecco, a dire il vero è stata proprio Corina. Non l'ha detto direttamente a me, ma si è vantata con le compagne di classe. Ha raccontato che lei è il suo ragazzo, che viene a prenderla a scuola, che la notte dormite abbracciati... Lei capisce, signor Oukili, che gli studenti poi vanno a casa e lo raccontano ai genitori. Abbiamo ricevuto molte proteste, e ci aspettiamo da un momento all'altro l'arrivo della polizia. È una situazione insostenibile.» Cercando di restare calmo, Miloud spiega al preside come stanno le cose: è vero, a volte nel canale ci si abbraccia prima di dormire, ma si tratta solo di un gesto di affetto. E poi, non gli è mai capitato di restare da solo con Corina, di notte: la ragazza ha molta immaginazione... Però si sente perduto: se questa storia arriva al commissariato, non la passerà liscia. E se lui finisce fuori gioco, che ne sarà dei ragazzi? Anche stavolta non gli resta che appoggiarsi ad Handicap International, per suffragare la sua tesi: capita abbastanza spesso che i ragazzi difficili s'inventino coinvolgimenti sentimentali con chi li toglie dai guai. Le testimonianze a favore di Miloud intanto si moltiplicano e la stessa Corina, durante un colloquio con uno psicologo, confessa di aver parlato di fidanzamento per darsi un po' di importanza con le compagne.

Alla fine Balat si tranquillizza, e lo scandalo si sgonfia. Miloud è a pezzi ma con Corina cerca di sdrammatizzare: le consiglia di tenere a freno l'immaginazione, ma evita di farla sentire in colpa. In tutta questa vicenda c'è almeno un aspetto positivo: le proiezioni di Corina testimoniano un'adesione totale al nuovo progetto di vita.

In effetti la ragazzina è molto meno distruttiva; si fida di Miloud, perché ancora una volta ha mantenuto le sue promesse. "Se vai a scuola, ti insegno tutti i miei giochi" le aveva detto, e non ha tradito la parola data. Quasi tutti i pomeriggi, il maestro riunisce gli studenti e dà preziose lezioni private: con loro ci sono anche altri ragazzi, come Rafael e Mia, che non sono pronti per andare a scuola, ma dimostrano comunque una gran voglia di seguire Miloud.

"La vita è un grande circo, e voi dovete imparare a essere dei bravi clown" ripete ogni giorno il pagliaccio arrivato da Parigi, e tutti pendono dalle sue labbra. Che le clave cadano sempre a terra, o i cerchi vadano per conto loro, è davvero un dettaglio: le ore passate alla scuola di circo sono una gioia assoluta, una terapia dai risultati miracolosi. Miloud non li aveva mai visti ridere, i suoi aspiranti artisti, e ora eccoli qui, a rotolarsi felici per la strada, inseguendo una palla o un birillo.

Un divertimento totale, fuori del tempo e dello

spazio: chi mai sognerebbe, in quei momenti, di eseguire un giorno quegli stessi giochi davanti a un pubblico vero? Miloud, invece, ci sta pensando da tempo: sarebbe l'ultimo tassello. I suoi ragazzi ancora non lo sanno, ma stanno cominciando ad allenarsi per un'avventura inimmaginabile.

Confortato da quelli come Corina, capaci di dimostrare qualcosa di molto simile al senso di responsabilità, Miloud continua a fronteggiare una situazione generale veramente critica. I ragazzi sono tantissimi, e molti hanno storie disperate. I fondi a disposizione sono scarsi, non bastano ad aiutare tutti quelli che hanno bisogno. Già è difficile dissuadere dal furto chi ruba da anni, ma se non puoi provvedere alle sue necessità, l'impresa diventa impossibile. Come se non bastasse, Miloud ha ormai le responsabilità di un capo: tutti i ragazzi lo considerano tale, e quello che dice e fa viene seguito e valutato con la massima attenzione. Per questo non può fare eccezioni, neanche nei casi più drammatici. Se accetti che un ragazzo rubi, tutti torneranno a rubare. E lo stesso vale per la droga e la violenza.

Un giorno, mentre si trova con Corina, Marian, Lucian e Mia nelle vicinanze della Gara, Miloud sente delle grida. È Zlatan, un disperato che per lo più se ne sta per i fatti suoi, e si fa vedere solo quando ha bisogno di qualcosa. I ragazzi lo conoscono; è un poco di buono e diventare maggiorenne non lo ha certo aiutato: dopo vari soggiorni in riformatorio è finito in carcere, dove lo hanno definitivamente rovinato. Lì, oltre a violenze di tutti i tipi, ha provato l'eroina, ed è crollato.

Miloud lo osserva da lontano, e si accorge che ha con sé una tanica piena di benzina. Sotto gli occhi terrorizzati dei presenti, se ne versa addosso almeno un litro, minacciando di darsi fuoco. «Non ce la faccio più, ho bisogno di soldi. Datemi i soldi, o mi ammazzo!» La reazione di Miloud, come al solito, è sorprendente. Si fruga in tasca, trova l'accendino e si avvicina con aria decisa a Zlatan. «Vuoi morire, eh? Bene, ti aiuto io. Vieni qua!» Un colpo secco con il pollice, ecco la fiammella. Continua a camminare verso il ragazzo, ormai è a due metri. Zlatan, sorpreso e terrorizzato, si ritrae. «Che fai, sei pazzo?» Miloud lo fulmina: «No, il pazzo sei tu. Sei pieno di droga, rubi dalla mattina alla sera, la polizia ti ha messo sulla lista nera. Quanto pensi di poter andare avanti? Dai, facciamola finita.» La fiamma si avvicina ancora, Zlatan scappa bestemmiando. Corina osserva Miloud: a volte non riesce a capire come possa essere così disumano. Poi si guarda intorno, e capisce: cinquanta boskettari ammutoliti, che non dimenticheranno tanto facilmente quella scena. E faranno di tutto perché Miloud non li tratti mai così.

Il sogno del clown venuto da Parigi porta a Sighisoara. Un borgo medievale nel cuore della Transilvania, che le guide turistiche celebrano per la sua bellezza e il fatto di aver dato i natali al principe Vlad, meglio conosciuto come Dracula. Qui, ogni estate, si svolge un festival d'arte e folklore molto popolare nel Paese; un appuntamento che richiama centinaia di artisti di strada, soprattutto mimi, clown e giocolieri.

Quando manca ancora qualche mese all'edizione 1994, Miloud comincia a valutare i pro e i contro del suo progetto: esibirsi a Sighisoara con alcuni dei suoi ragazzi. Sulla carta sembra una pazzia; anche ammesso che Corina e gli altri siano in grado di farcela, potrebbero volerci anni per trasformare quel pugno di disperati in qualcosa che ricordi anche vagamente una compagnia artistica. Un altro grosso punto interrogativo riguarda lo stress emotivo: come reagirebbero i debuttanti di fronte a centinaia di persone? Certo, Sighisoara è abbastanza lontana da Bucarest per annullare il rischio di un'accoglienza ostile: qui i boskettari sono dei perfetti sconosciuti, a nessuno verrebbe in mente di contestarli. Ma potrebbe bastare anche un semplice fischio o una battuta cattiva per gettarli nel panico.

Miloud, in realtà, è convinto di dover affrontare questo rischio calcolato: da un punto di vista tecnico, la sua abilità in scena è in grado di mascherare lacune e titubanze dei suoi partner. Inoltre la storia personale dei suoi compagni di scena non dovrebbe essere un segreto, né per gli organizzatori né per il pubblico: sapendo come stanno le cose, chi oserebbe fischiarli?

Insomma, con un'adeguata preparazione psicologica, i ragazzi a Sighisoara hanno tutto da guadagnare. Inoltre un'uscita pubblica potrebbe aiutare Miloud a completare la normalizzazione dei ragazzi più progrediti, offrendo anche agli altri un esempio da seguire, e a trovare nuovi alleati – e nuovi fondi – per la sua battaglia.

Senza rivelare a nessuno le sue intenzioni, il clown intensifica le lezioni, selezionando mentalmente i potenziali candidati da portare in scena. Sarebbe bello che ci fossero tutti, ma non può rischiare che i più emotivi rovinino gli sforzi degli altri: meglio essere cauti, per il momento. Solo alla fine dell'anno scolastico, quando mancano due mesi all'evento e ha già ricevuto il via libera dagli organizzatori del festival, Miloud svela il suo progetto. All'inizio i ragazzi restano imbambolati: "Attori, noi?" Poi, man mano che si abituano all'idea, vengono presi da un'eccitazione incontrollabile. Almeno a parole, nessuno ha paura.

Ci pensa Miloud a riportarli alla realtà: se qualcuno crede di andare in vacanza, si sbaglia di grosso. Chi andrà in scena dovrà essere perfetto: «Nessuno dovrà applaudirvi per gentilezza o per pietà: il rispetto del pubblico ve lo dovete conquistare!»

Così, ogni giorno, i giardini pubblici si trasformano in una via di mezzo tra una palestra e un'accademia. Quando piove, la comitiva si sposta nel mezzanino della metropolitana, dove i passanti sembrano apprezzare lo spettacolo. Qualcuno butta anche una moneta. Dopo tanti furti, per i ragazzi sono i primi soldi guadagnati.

Il gran giorno si avvicina, e Miloud deve pensare a tutto: la madre di un amico cuce i vestiti di scena, mentre una colletta tra i soliti sostenitori della causa procura il denaro per il viaggio. La partenza è una vera scossa di adrenalina: per i ragazzi la stazione è un luogo tristemente familiare, ma molti non sono mai saliti su un treno. Miloud ha il suo da fare per tenerli sotto controllo. Sono cinque in tutto: Corina, Rafael, Mia, Marian e Orak, un veterano dei canali che, con la sua forza fisica, è diventato l'insostituibile base della piramide umana, uno dei pezzi forti del programma.

Se il viaggio in treno ha elettrizzato i ragazzi, l'arrivo a Sighisoara li lascia letteralmente a bocca aperta: sembra il Paese dei balocchi. Durante il festival, strade e piazze brulicano di artisti e mangiafuoco, clown e acrobati, che si esibiscono per strada e sui palchi sparsi un po' dappertutto. Il clima è quello di una festa popolare, e l'incontro con gli organizzatori tranquillizza Miloud: il suo esperimento è atteso con molta simpatia. Vada come vada, il pubblico non creerà problemi.

Non resta che aspettare l'ora di andare in scena: dietro le quinte Corina e gli altri provano e riprovano gli esercizi, ripetono le battute, sistemano i costumi. Miloud se ne sta in disparte; senza farsi vedere li osserva, e sorride.

Capitolo 13

Negli ultimi tempi gli amici glielo avevano ripetuto spesso: "Non basta fare qualcosa di buono, Miloud. Bisogna anche che la gente lo sappia." Rigirando tra le mani il quotidiano di Sighisoara, si rende conto che avevano ragione. Dopo l'uscita del pezzo dedicato allo show di Monsieur Oukili e i suoi ragazzi, il centralino di Handicap International ha ricevuto molte chiamate: a quanto pare c'è un sacco di gente che vuole conoscerlo e sapere di più sul suo lavoro. Certo, lo stile dell'articolo è un po' ridondante: Miloud è dipinto come una specie di angelo che ha trasformato in artisti un branco di piccoli selvaggi. Il tono generale però è affettuoso, e rende merito a quella che definisce "un'iniziativa rivoluzionaria".

In effetti lo spettacolo è stato un successo: Miloud ha pensato a tutto. Ha fatto in modo che i ragazzi non fossero mai soli sul palco, li ha coccolati, sempre pronto a inventare una manovra "diversiva" se qualcuno si fosse fatto prendere dal panico.

Per fortuna, però, tutto è andato liscio: i ragazzi sono stati calmi e, dopo i primi applausi, hanno preso coraggio. Sono riusciti a fare la loro parte in scioltezza e, alla fine, il pubblico ha applaudito con calore.

Miloud sa che gli organizzatori avevano preparato il terreno, eppure deve riconoscere che la performance dei suoi allievi ha superato le aspettative: anche se i giochi scelti erano piuttosto elementari, non credeva che i ragazzi li avrebbero eseguiti senza errori.

Ma quello che veramente conta è la visibilità ottenuta e le ripercussioni nell'opinione pubblica e, in particolare, negli ambienti degli operatori sociali. Chi tra loro ha avuto modo di conoscere di persona la realtà dei boskettari e il loro abbrutimento, resta sconcertato dall'impresa di Miloud e, in qualche caso, chiede di collaborare con lui. Ottima idea, visto che di lavoro ce n'è in abbondanza. In scena a Sighisoara c'erano solo cinque ragazzi, in strada ne sono rimasti più o meno tremila.

Ben presto la storia di Miloud e dei ragazzi dei canali rimbalza sui giornali della capitale. A seconda dell'estro dell'articolista, la saga si arricchisce di nuovi ingredienti: disperazione e rinascita, miseria e riscatto. Miloud legge ogni riga, e resta perplesso: quelli che fino a poche settimane prima venivano trattati come parassiti sono diventati d'un tratto piccoli martiri indifesi. Se un bagno di retorica è il prezzo da pagare per aumentare l'attenzione verso i ragazzi e le iniziative a loro favore, va benissimo. Anche perché non basta il "trionfo" artistico dei cinque di Sighisoara a migliorare il quadro generale: i ragazzi hanno bisogno di cibo, medicine, vestiti. D'estate, con il caldo, le condizioni igieniche di chi vive in strada peggiorano notevolmente, e le infezioni dilagano. Ai problemi pratici si aggiungono quelli psicologici, che provocano continue fughe dal gruppo di Miloud. Per un tipo forte come Corina, ci sono almeno dieci ragazzi che non ce la fanno, stritolati da traumi psicologici e drammi quotidiani. E, per quanti sforzi faccia, neppure Miloud può riprenderli tutti. Un giorno scopre che Maria, una delle prime ragazze conosciute a Bucarest, se n'è andata dalla Gara; ha detto a un'amica di non farcela più ed è sparita. Vive in strada da anni, i suoi genitori sono morti e sua sorella, malata gravemente, rischia di diventare cieca. Interrogando i suoi informatori, Miloud ha la conferma delle sue paure: pur di procurarsi il denaro per curarla, Maria ha deciso di fare la prostituta. È troppo disperata per comprendere che quella vita non le riserverà alcun guadagno, ma solo violenze e sevizie di ogni tipo. È tutta una questione di tempo: Miloud deve ritrovarla prima che il racket si accorga di lei e la porti via.

Con l'aiuto dei ragazzi, organizza una perlustrazione della città, partendo dalle zone frequentate abitualmente da Maria. È un'impresa improba, ma la fortuna lo aiuta: la fuggitiva vaga come un fantasma dalle parti dell'università. Quando si trova davanti Miloud, non ha neppure la forza di dire una parola, lo abbraccia e comincia a piangere. Prima un lamento silenzioso, poi una serie di singhiozzi scomposti e irrefrenabili. Miloud tace e la tiene stretta: per lei ha tutto il tempo del mondo. Quando finalmente Maria riesce a calmarsi, la prende per mano e la porta con sé, le promette di fare qualcosa per sua sorella. Non sarà certo battendo il marciapiede che potrà curarle gli occhi, questo è sicuro.

I canali sono pieni di storie come quella di Maria, ma in molti casi sulla disperazione prevale la rabbia. Quella dei ragazzi che ormai hanno scelto la violenza, la voglia di vendicarsi. Non vogliono una nuova vita, e sputano sulle regole di Miloud: in strada si sentono importanti, e non accettano di fare gli scolaretti agli ordini di un pagliaccio. Anzi, con il loro atteggiamento, si trasformano nei suoi nemici più pericolosi; le loro scorribande infatti attirano il rancore dell'opinione pubblica verso tutti i ragazzi, anche quelli che ormai da mesi rigano diritto. Non è solo un problema di immagine; a Bucarest girano bande di picchiatori specializzate in spedizioni punitive contro i boskettari. Di solito vogliono vendicarsi per qualche sgarro subito, ma i più fanatici blaterano della necessità di fare pulizia, di liberare la città da quei rifiuti umani. Armati di bastoni e pugni di ferro, vogliono dare una lezione ai pidocchi dei canali, approfittando dell'indifferenza della polizia. Miloud s'infuria, protesta, non riesce a credere che questi criminali possano passarla liscia; rischia di farsi arrestare un'altra volta per oltraggio. Tutto inutile. "Signor Oukili, non c'è nessuna condiscendenza da parte nostra. Lo sa anche lei, la città è grande, gli agenti sono molto impegnati, può capitare che qualcosa sfugga. E poi, in fondo sono solo risse tra ragazzi, no?" Così lo scempio continua: i maschi vengono pestati a sangue, le ragazze insultate e minacciate di stupro. Finché, un giorno, le minacce diventano realtà: il Luna Park di Brancoveanu si trasforma in un campo di battaglia. Trenta energumeni cominciano la caccia all'uomo: sono almeno il doppio delle loro prede, che stanno bivaccando intorno a una panchina. Miloud non c'è, e quando arriva sul posto, un paio d'ore dopo, trova uno scenario da Far West. Solo pochi sono riusciti a scappare, gli altri sono conciati male: Ionas ha due costole fratturate e un occhio pesto, Michel ha il viso tumefatto e gli incisivi rotti. Nicu sanguina dalla bocca e zoppica, ma se l'è cavata con una mappa di lividi su tutto il corpo. Il peggio, invece, è toccato a Cristina; qualcuno l'ha vista mentre i suoi aguzzini la trascinavano via. La ritrovano il lacrime, a poche centinaia di metri, dietro una baracca: ha il viso sporco di sangue, i vestiti strappati, graffi dappertutto. Miloud l'accompagna al pronto soccorso, chiede che venga ricoverata, ma dopo mezz'ora la ributtano in strada. L'hanno violentata in dieci, ma i graffi sono superficiali: può tornarsene da dove è venuta.

L'agguato di Brancoveanu lascia un segno profondo. Non solo in Cristina, che resta per settimane in uno stato quasi vegetativo, ma anche in Miloud. L'euforia di Sighisoara sembra lontana anni luce, riaffiorano le frustrazioni che tante volte negli ultimi mesi hanno scandito le sue giornate.

Non riesce a tollerare l'idea che i suoi amici siano carne da macello. È vero, nella società romena qualcuno si sta svegliando, ma troppi ancora fanno finta di niente, sembrano ridere dei ragazzi e anche di lui. È stufo del sarcasmo, del disprezzo, dell'aria di sufficienza con cui vengono liquidate le sue richieste d'aiuto. Sembra che tutti aspettino il momento in cui, esasperato, se ne andrà da Bucarest lasciando tutti al loro destino. Quando si immagina la scena, gli sembra perfino di sentire le voci: "Era ora, figliolo. Ce ne hai messo di tempo: ma pensavi sul serio di cavare qualcosa di buono da quella marmaglia?"

Poveri illusi. «Io non me ne vado» sussurra Miloud. Rabbiosamente, parlando con se stesso. «Non mollo.»

È dura rimettersi al lavoro quando il morale è sotto i tacchi, ma non ha scelta: deve sfruttare l'ondata di interesse seguita allo spettacolo dei ragazzi, prima che tutti se ne dimentichino. A volontari e assistenti sociali chiede di dargli una mano in strada, alla stampa un aiuto per sensibilizzare l'opinione pubblica e, soprattutto, le istituzioni. Basta crociate contro tutto e tutti: è arrivato il momento della diplomazia.

Finora ha lavorato da solo, esponendosi ad accuse e calunnie. Adesso ha deciso di cambiare registro, e il governo di Bucarest non potrà più fare finta di niente, anzi dovrà riconoscere ufficialmente la sua attività. Se non puoi batterli, fatteli amici. Il clown Oukili si toglie per un attimo il naso rosso e diventa il presidente di una fondazione in difesa dei minori; lavorerà con cittadini romeni, per aiutare cittadini romeni, e chiede riconoscimento e aiuto ai politici romeni. Per un governo che cerca a tutti i costi di migliorare la sua immagine internazionale, dopo il buio del regime di Ceausescu, sarà molto difficile dirgli di no. Anzi, impossibile.

A Parigi, da bambino, Miloud aveva visto un film che l'aveva colpito moltissimo. Ne era protagonista un anziano mimo dallo straordinario talento che, sotto il tendone di un circo, presentava una serie di acrobati e giocolieri, intervallando le loro performance con le sue esilaranti imitazioni. Boxeur, tennista, pescatore, fantino, vigile urbano: gag surreali, travolgenti, che avevano divertito il piccolo Miloud fino alle lacrime. Il mimo era Jacques Tati, il film si intitolava *Parada*.

È stato da quel giorno che ha cominciato a sognare una vita da artista e a venerare Tati come suo inarrivabile modello. Così, molti anni dopo, si ricorda di lui e gli dedica la cosa più importante della sua vita: la Fondazione Parada.

"Un'organizzazione romena, apolitica, a carattere civico, di interesse pubblico, riconosciuta con decisione del Tribunale n. 29 del 15 febbraio 1996. Riconosciuta dal Ministero della Gioventù e dello Sport e dal Ministero della Cultura."

Sono le prime parole dello statuto che sancisce l'inizio della nuova avventura. "Scopo della fondazione è sostenere il minore e il giovane in difficoltà, attraverso la promozione di programmi e progetti di assistenza sociale, considerando e utilizzando l'arte come strumento educativo." Niente male davvero, per un ventiquattrenne che molti avrebbero chiuso volentieri in una cella, buttando via la chiave. Più che alle rivincite personali, però, Miloud pensa alla mole di lavoro che aspetta il suo staff. Ha un'idea che si rivela geniale: creare un'équipe di educatori in cui – oltre ai professonisti – sono impegnati anche alcuni ragazzi di strada. Per il suo lavoro non potrebbero esserci testimonial più efficaci: «Se ce l'abbiamo fatta noi, puoi farcela anche tu» dicono ai loro amici dei canali, e non è facile contraddirli.

Ora che non è più isolato, Miloud prende contatto con chiunque possa aiutarlo: l'UNICEF e la Direzione nazionale degli orfanotrofi romeni, organizzazioni come Chance for Life e World Vision e perfino con il servizio di cooperazione dell'Ambasciata francese a Bucarest. In questa nuova fase anche i dissapori con i suoi connazionali vanno superati.

Si spende più che può per raccogliere fondi pubblici e donazioni private; sa che la sua popolarità è un patrimonio da valorizzare e, se sempre più spesso lo cercano per un'intervista, fa buon viso a cattivo gioco. Cerca di reagire con ironia anche alle domande più insensate: quando un reporter gli chiede di spiegargli in che cosa consista il "metodo Miloud" per salvare i bambini, sorride e risponde: «Il metodo Miloud? Semplice: buongiorno, buonasera, ti voglio bene.»

Nonostante tutti i suoi sforzi per essere un perfetto diplomatico, però, Oukili non vede l'ora di tornare per strada, accanto ai suoi amici. L'idea di diventare uno dei tanti professionisti della solidarietà lo disgusta, e diffida di quelli che lo descrivono come un benefattore. «Quello che faccio, lo faccio soltanto per me» spiega secco.

Poi corre nei canali, a rincuorare Corina e gli altri: negli ultimi tempi l'hanno visto molto meno del solito, e si sentono perduti, hanno paura di non vederlo più.

La risposta ai loro timori è un sorriso alla Miloud. «State tranquilli, non me ne vado. Ho bisogno del vostro aiuto.»

«Ma a cosa serve questa Parada?» domanda Corina.

«A colorare questo schifo: mi date una mano?»

Capitolo 14

La sede della Fondazione Parada non è altro che l'ufficio di Handicap International, quello dove Miloud dormiva subito dopo il suo arrivo a Bucarest. Di giorno serve da punto d'incontro per amici e volontari, di notte si trasforma in ricovero per i ragazzi. La sistemazione non è certo lussuosa, ma rispetto ai canali sembra una reggia, calda e pulita; così ogni sera, quando si spegne la luce, l'appartamento brulica di ospiti accovacciati sul pavimento: non sono mai meno di trenta.

Ora Miloud può contare su fondi un po' più cospicui, ma per colmare tutti i bisogni servirebbe cento volte tanto. Comunque conosce bene l'arte di arrangiarsi e non perde di vista l'obiettivo principale. È l'abbandono la vera malattia dei suoi amici, e dunque la prima cosa da fare è farli sentire meno soli. Come prima cosa, Miloud pianta una tenda di soccorso proprio di fronte alla Gara du Nord: una grande tenda verde militare, allestita con l'aiuto dell'associazione francese Terres des Hommes, che fornisce cibo, coperte e medicine ai ragazzi bisognosi, e soprattutto diventa un punto di riferimento per chi non ne ha mai avuto uno. Non a tutti interessa fare amicizia, molti si accontentano di arraffare quello che possono per poi sparire senza neanche dire grazie. C'è però anche chi si ferma, cerca timidamente un contatto umano, chiede se può tornare anche il giorno dopo. È il primo passo verso la riscoperta di sé e del mondo esterno, il più difficile; Miloud lo sa, e fa di tutto per incoraggiare gli indecisi. Cerca di essere sempre presente, ma in una metropoli come Bucarest è un'impresa quasi impossibile. Si appoggia allora ai suoi ambasciatori, quelli che fino a poco tempo prima bivaccavano ai giardinetti, guardandolo in cagnesco, e ora invece lavorano con lui. «Perché vuoi tornare sottoterra? Stai qui con noi, noi adesso stiamo molto meglio.»

Parada propone gesti semplici; all'inizio si tratta solo di condividere un pasto frugale, ma ben presto si va oltre: Miloud vuole aiutare i ragazzi a liberarsi dalla colla, tornare a scuola, riallacciare se possibile i rapporti con la famiglia. Sa che nei canali le voci corrono velocemente, e conta sul fatto che i primi clienti della tenda ne porteranno di nuovi. Nell'attesa, però, manda in strada quella che rappresenta una novità assoluta per Bucarest: la Caravana, un camper per le emergenze notturne. Ogni sera, fino a mezzanotte, un autista-educatore e un assistente sociale girano per la città, fermandosi soprattutto nelle zone dove si affollano i ragazzi di strada: Costin Georgian, Grozavesti, Banu Maria, l'Università, l'Accademia Militare. La Caravana si ferma, aspetta che i ragazzi si avvicinino e dà loro una mano: cibo, medicinali, medicazioni per le ferite più leggere. I ragazzi vengono poi informati dell'esistenza della tenda, e sono invitati a farci un salto.

È una rivoluzione. Dalla mattina fino a mezzanotte, c'è qualcuno che si occupa dei boskettari. Anche se l'aiuto è poca cosa sul piano pratico, dal punto di vista psicologico l'impatto è straordinario. Ogni giorno che passa, qualche nuovo volto si affaccia alla tenda.

Lucian non è uno che alza la voce. Quando ha incontrato Miloud, lo ha seguito senza condizioni né capricci. Parla poco, eppure il suo non è il silenzio di chi non ha niente da dire. Chi gli sta accanto conosce la sua storia, l'ha raccontata una volta a Corina, ma la ripete raramente. Quando uno così chiede aiuto, vuol dire che la situazione è veramente seria. Miloud lo sa, e non perde tempo.

L'uomo con cui la mamma di Lucian se n'è andata ha messo le cose in chiaro: niente bambini fra i piedi. E lei, che di figli ne ha sei, non ha fatto obiezioni; ancora una volta la paura della solitudine è più forte dell'istinto materno. Lucian e la sorella maggiore Kami se ne sono andati da tempo e sanno badare a se stessi, ma i loro quattro fratellini rischiano grosso: l'orfanotrofio, nel migliore dei casi, ma uno di loro ha già detto che preferisce andare in strada.

Lucian è disperato; è uno dei pochissimi ragazzi ad aver mantenuto rapporti con la famiglia, almeno con una parte. L'idea dei suoi fratellini acquattati nei canali o chiusi nelle camerate di un istituto lo fa impazzire, così si rivolge a Parada. La casa di famiglia è di proprietà, ma nessuno sa dove siano i documenti, né chi sia il beneficiario dopo la morte del capofamiglia. E poi, anche ammesso che la si possa vendere, chi si occuperebbe dei bambini? Lucian è minorenne, e ha già i suoi problemi con Kami...

Con l'aiuto di un amico avvocato, che gli insegna ad orientarsi nel ginepraio della burocrazia romena, Miloud cerca di capire cosa è meglio fare. Il caos è totale: la casa è gravata da un'ipoteca che la madre di Lucian non era in grado di pagare; inoltre, dopo la sua fuga, rischia di essere perseguita per abbandono di minori.

Rintracciata con molte difficoltà, la donna si trova con le spalle al muro e accetta di cedere la casa al figlio. A questo punto, Parada si occupa di cancellare l'ipoteca: la casa ora è di Lucian, che può venderla per aiutare i fratelli. Senza genitori, è impensabile che possano restare tutti e quattro insieme. Le due bambine più piccole, grazie alla collaborazione tra Parada e un'associazione olandese, trovano ospitalità presso una famiglia in una cittadina a quattro ore di treno da Bucarest; Lucian non potrà vederle molto spesso, ma sa che stanno bene e per ora gli basta. I due maschi, invece, restano più vicini a lui: Lucian compra una casa più piccola, in campagna, appena fuori città, dove i fratelli potranno vivere insieme a una cugina, che gli farà da mamma.

In un primo tempo, Lucian pensa di trasferirsi a vivere insieme a loro, ma è un pensiero che dura un attimo. Sua cugina è in gamba, ci penserà lei a tenerli d'occhio: Max, il più grande, ha provato davvero a scappare in strada, ma gli sono bastate un paio di settimane per cambiare idea. E poi Lucian vuol restare con Miloud; tutte le sue speranze di una vita migliore sono legate a lui, non avrebbe senso andarsene proprio adesso, che Parada sta cominciando a pensare in grande.

La giornata di Corina ormai somiglia a quella di una ragazza normale. Di mattina va a scuola, e due pomeriggi alla settimana lavora per Parada: va in una scuola francese, a insegnare i trucchi del circo imparati da Miloud. Per non parlare della tenda: ogni giorno, quando ha finito di studiare, corre a dare una mano agli altri.

Completato il primo ciclo di studi, ha deciso di andare avanti e si è iscritta a un "liceo tecnico", per chi vuole imparare il mestiere di elettrotecnico. I voti sono buoni e i professori sono contenti del suo comportamento, eppure Corina non riesce a godere fino in fondo dei suoi successi scolastici. Anzi, ogni volta che la lodano, ha un sussulto; non riesce a non pensare alle sberle che le dava sua madre, accusandola di avere una calligrafia illeggibile e di essere destinata al marciapiede.

La madre, un'ossessione che Corina non riesce a superare. Un dolore ancor più insopportabile perché si ripresenta quando meno se lo aspetta, e le gela le ossa. Una piaga umiliante, più forte della ragione e dell'esperienza: Corina sa perfettamente che sua madre di lei se ne frega, ma non riesce a lasciarsela alle spalle; spesso, mentre dorme, si ritrova a rivivere i momenti più dolorosi della sua vita familiare. Si sveglia col batticuore, ed è quasi un sollievo rendersi conto di essere nel solito canale, sul solito cartone, ma almeno lontana da Costanza.

Quanto durerà ancora questa tortura? La sensazione è che non finirà mai, e allora tanto varrebbe annegare tutto in un sacchetto pieno di Aurolac. Per fortuna ci pensa Miloud a strappargli elo di mano, a gridarle sul muso di non fare pazzie. Già, Miloud: quando c'è lui, tutto sembra migliore. Ma le sue assenze, sempre più frequenti e prolungate, la gettano nel panico. A cosa serve questa Parada? E la tenda, e tutto il resto... "Si stava meglio quando eravamo pochi, e Miloud era sempre qui accanto a noi, giorno e notte": Corina un po' se ne vergogna, ma è questo il suo pensiero. È una contraddizione comune tra i ragazzi di strada: a parole vogliono che tutti abbiano una vita migliore, ma quando si tratta di dividere Miloud con gli altri, scatta un disagio che si chiama gelosia. "Il clown è nostro, non vogliamo dividerlo con nessuno."

Corina pensava di essere diversa, ma non è così. Non si sente egoista, e soffre sul serio quando un amico abbandona tutto per buttarsi via e tornare alla vita di prima; ma il calore di Miloud è una medicina di cui non riesce a fare a meno. È il padre che non ha mai conosciuto, il fidanzato che non ha mai avuto, l'amico che non ha mai deluso: impossibile rinunciare all'unica cosa bella della sua vita. Gli altri si arrangino.

Parada ha bisogno di soldi, ma non solo: Miloud cerca coperte, pentole, vestiti, cibo, attrezzatura per pronto soccorso, assistenza medica gratuita. Il sogno proibito, però, è una casa. Anzi, un Centro che possa affiancare la tenda e poi prenderne il posto. Un luogo che non sia solo un ricovero, ma anche una scuola, un ufficio, un quartier generale dove preparare gli spettacoli. Dopo mesi di ricerche, la Fondazione riesce ad affittare per una cifra molto bassa un edificio dietro Piazza Uniri. Una casetta rosa un po' malridotta, ma ha un grande cortile che, nelle giornate di sole, si trasforma in una palestra per aspiranti acrobati e giocolieri. All'interno ci sono un piccolo locale destinato a ufficio, tre stanzoni e una sala con un enorme bancone: in passato, a quanto pare, qui c'era un bar.

Con l'aiuto dei ragazzi, i muri vengono ripuliti e trasformati in enormi e allegri murales pieni di colori. Qualche sedia, una poltrona, una vecchia lampada, un divano un po' sfondato: non ci vuole molto per trasformare un semirudere in qualcosa di caldo e accogliente. Qui finalmente è possibile servire la colazione al caldo e al riparo dagli sguardi dei passanti; offrire la possibilità di lavarsi e medicarsi; fornire un'occasione di riposo a chi non ne ha molte. Miloud lo chiama Centro diurno. Le regole sono le solite: chi porta colla, alcol o refurtiva viene cacciato via; gli altri sono i benvenuti, purché siano disposti a mettersi in gioco.

Il Centro purtroppo non può trasformarsi in dormitorio notturno; così, alle cinque del pomeriggio, chiude i battenti e rispedisce tutti in strada. Nessuno protesta. I ragazzi sanno che la mattina dopo potranno tornare, e trovare un sorriso e una tazza di latte.

Per Miloud l'apertura del Centro è un tassello importantissimo del mosaico che ha in mente. Non riesce a goderne fino in fondo, però; è stravolto: la vita di strada lo ha portato alle soglie del collasso. Da anni dorme pochissmo, mangia male e quando capita, è abituato a non fermarsi neppure quando ha la febbre alta. E, soprattutto, si sente isolato, di fronte a un'impresa che diventa ogni giorno più faticosa. Ha incassato tanti sorrisi, paroloni e pacche sulle spalle, ma la sensazione è quella di nuotare controcorrente, mentre chi aveva giurato di aiutarlo sta a guardare o pensa ad altro.

Il governo, sia pure di malavoglia, ha riconosciuto Parada, la polizia ha smesso di fargli la guerra, le grandi associazioni gli battono le mani: già, ma poi? Dove sono i soldi, gli aiuti, la collaborazione strombazzata sui giornali?

Le malattie non si curano con i sorrisi, e il cibo costa; i ragazzi che si affidano a lui sono sempre di più, e le loro aspettative crescono, come le spese. Per la prima volta, Miloud teme di crollare e ha paura di non riuscire a mantenere le sue promesse: sarebbe peggio che non averle mai fatte.

Capitolo 15

Basta interviste, basta giornalisti, Miloud l'aveva giurato a se stesso. Colpa di un idiota arrivato chissà da dove, che l'aveva fatto veramente imbestialire. Prima gli aveva rivolto le solite domande copiate da qualche articolo letto in fretta e furia cinque minuti prima di presentarsi; poi gli aveva proposto, come se fosse un'idea geniale, di mettersi in posa per una foto accanto a un tombino. Ripensandoci, a Miloud sale ancora il sangue alla testa: due mesi dopo, è ancora furioso. Non li sopporta più questi parassiti. Arrivano con l'aria di chi è venuto a fare una gita, fingono di interessarsi a quello che fa, e alla fine scrivono quello che pare loro, indipendentemente dalle sue risposte.

Come sempre, con il passare del tempo la rabbia sbollisce. Per quanto esasperato, Miloud si rende conto che è assurdo generalizzare. Un giorno conosce un giornalista italiano, Gigi Riva, che lavora per *Repubblica* e vorrebbe raccontare la sua storia. Gli sembra una persona seria, e poi viene da un

Paese che gli interessa moltissimo: nei suoi viaggi il clown si è accorto che gli italiani non sono come i suoi connazionali. I francesi tendono a delegare, pensano che anche la solidarietà debba essere gestita dallo Stato; gli italiani, invece, se si appassionano a un'idea si muovono di persona, sono molto attivi e altrettanto generosi.

Così, nella speranza di raggiungere un "territorio" finora inesplorato, Miloud decide di fidarsi ancora una volta di un reporter. Stavolta non se ne pente: il risultato della lunga conversazione con Riva non è il solito morboso ritratto strappalacrime sugli angeli delle fogne e il loro salvatore, ma un'intervista che riporta fedelmente le sue dichiarazioni. A suo modo è un pezzo storico, il primo articolo su Miloud destinato al pubblico italiano.

Oukili racconta la sua adolescenza, la voglia di girare il mondo, l'arrivo in Romania, l'incontro con i ragazzi e l'inizio di un'avventura di cui, dopo sei anni, non riesce ancora a prevedere tutti gli sviluppi.

Sorride ripensando al giorno in cui nei canali si presentò un ragazzo ben vestito, accompagnato dalla moglie: era un ex boskettaro, venuto a restituire i soldi che Miloud gli aveva prestato anni prima per prendere un treno. Confessa l'emozione provata quando la sua compagnia teatrale è stata invitata a Bordeaux, e per quindici giorni ha dato spettacolo per le strade della città. «È stato bello regalare ai ragazzi l'emozione di un viaggio, farli sentire come ospiti d'eccezione» spiega. Poi, per concludere l'intervista, lancia un appello: «C'è qualcuno in Italia disposto a ospitarci?»

L'articolo esce su "D", il supplemento di *Repubblica*, un sabato di febbraio del 1998. L'effetto è quello che sperava Miloud: una scossa elettrica. Nei giorni seguenti, Riva diventa il giornalista più richiesto dai lettori e più maledetto da centralinisti e segretarie: la redazione del giornale viene bombardata da centinaia di telefonate. Vogliono saperne di più, dare una mano, e farlo subito. La disponibilità a ospitare i ragazzi arriva da tutte le parti: comuni, parrocchie e semplici gruppi di volontari. Sembra un nuovo gioco di prestigio firmato Miloud, le distanze tra Bucarest e l'Italia si sono azzerate in ventiquattr'ore.

Dai primi emozionati contatti tra la compagnia di Bucarest e i nuovi amici italiani nasce l'idea di una serie di spettacoli, da tenere nelle varie località che si sono offerte di ospitarli. Ripetere insomma l'esperienza di Bordeaux, ma in tante sedi diverse;

a tempo di record viene organizzata una specie di tournée, che si svolge pochi mesi dopo il famoso articolo, nell'estate del '98.

Con Miloud vanno in scena i soliti noti: Corina, Rafael, Marian, Mia, il gruppo storico. Si esibiscono a Bassano del Grappa, Rimini, Casaloldo, un paese in provincia di Mantova, Bergamo e Paganica, vicino a L'Aquila. Qui lo spettacolo riserva un allarmante fuori programma: durante il suo numero, Corina si avvicina troppo a una torcia accesa, e il vestito le prende fuoco. Dopo un momento di panico vero, qualcuno le strappa la gonna e risolve il problema. La ragazza scappa dietro le quinte, e il pubblico applaude, pensando a uno scherzo organizzato. Lei invece sente il cuore che le schizza in gola, ma poi si calma e quasi ci ride su; ha rischiato la vita cento volte, e ora stava per bruciare viva su un palcoscenico italiano, travestita da clown...

Brividi a parte, la trasferta italiana è molto confortante anche se, vista la fretta con cui è stata preparata, si rivela una fatica improba, fra trasferimenti massacranti, panini consumati al volo e crisi isteriche dei ragazzi, incapaci di rispettare tabelle di marcia così ferree e faticose. Una cosa, comunque, è certa: d'ora in poi, serve più organizzazione. Se Miloud ci mette il cuore e la pancia, entusiasmo e carisma, qualcun altro deve metterci la testa, coordinare, fare progetti a media e lunga scadenza.

Così, ai primi di novembre, Bassano del Grappa ospita un incontro tra il clown e una rappresentanza di amici italiani. Ci sono i volontari che già lo hanno ospitato, ma anche esponenti di COOPI, un'organizzazione con oltre trent'anni d'esperienza nella cooperazione internazionale, e GRT, un gruppo impegnato da tempo in difesa dei minori in difficoltà.

Le due associazioni siglano un accordo con Parada: è la svolta che trasforma ufficialmente il sogno di Miloud in un progetto internazionale capace di coinvolgere centinaia di ragazzi.

I giorni di Sighisoara, con cinque piccoli artisti stretti nello stesso scompartimento e controllati a vista dal capocomico, sono ormai lontani. Adesso si parla di decine di spettacoli, di un gruppo sempre più numeroso di persone che, a rotazione, arriveranno in un Paese di cui non conoscono né lingua né abitudini. Farli uscire dalla Romania è già una grande responsabilità: il governo ha dichiarato guerra alle adozioni illegali e, per consentire l'espatrio di minori, richiede procedure complicatissime e documenti che, nel caso dei ragazzi di strada, sono quasi impossibili da trovare. In Italia, poi, bisogna selezionare le famiglie disposte ad accoglierli, le sedi dei loro spettacoli, le scuole e gli oratori che ospiteranno gli incontri pubblici con la cittadinanza. Bisogna ripensare le tournée, stilando un calendario logico: è impensabile spostarsi in ventiquattr'ore da Milano a Palermo. Al tempo stesso, si devono concentrare le date in un periodo limitato di giorni, perché i ragazzi romeni vanno a scuola, e non possono disertare le aule per mesi. E tutti questi problemi vanno affrontati e risolti senza dimenticare l'obiettivo primario: raccogliere fondi che permettano di salvare altri bambini.

È un lavoro immane, che Miloud non potrebbe fare da solo neppure se si trasferisse in Italia e ci si dedicasse ventiquattr'ore al giorno. Visto che, al contrario, non vede l'ora di tornare a Bucarest, dove è artefice e prigioniero di mille progetti tutti da sviluppare, è chiaro che gli serve aiuto. Uno staff di professionisti gli garantisce quello che ancora gli manca: esperienza e metodo.

Tra i problemi da affrontare, c'è il ruolo del volontariato.

Dopo la scarica di adrenalina procurata dai primi spettacoli italiani, i gruppi che li hanno organizzati non vedono l'ora di ripetere l'esperienza. Chiedere loro di passare la mano, lasciando il compito di gestire i tour alle associazioni, potrebbe sembrare un gesto di sfiducia e ingratitudine. L'accordo di Bassano cerca dunque di non scontentarli: saranno ancora loro a organizzare le nuove esibizioni dei giocolieri di Parada. A COOPI viene assegnato invece il compito di gestire la campagna a favore di Miloud, scandita dallo slogan "Un naso rosso contro l'indifferenza", per far conoscere la situazione di Bucarest e raccogliere donazioni. L'équipe di GRT, infine, si incarica di formare il personale romeno che deve gestire le attività di Parada.

Quando parte per l'Italia, Corina non sa niente della grande novità; Miloud ha deciso di parlargliene al momento di tornare a Bucarest. Troppe emozioni tutte insieme potrebbero mandarla in confusione.

Senza immaginare che quella sarà la prima di una lunghissima serie di tournée, la ragazza che ha imparato tutto da Monsieur Oukili affronta tutta elettrizzata il suo esordio italiano. Sul palcoscenico è un'allieva modello, ma quando smette i costumi di scena perde il senso della disciplina. Come al solito, le cose peggiorano quando non c'è Miloud. Basta che il capo si allontani per mezza giornata, e subito scatta la sindrome da accerchiamento. Ognuno reagisce a modo suo, qualcuno si spaventa, altri chiedono conforto ai compagni, e c'è chi si mette subito sulla difensiva. Corina è così: non sopporta di sentirsi osservata o, peggio, controllata; pretenderebbe di avere tutti gli occhi addosso solo quando recita, salvo poi fare quello che le pare in ogni altra occasione. Quando ci si mette, sa rendersi veramente insopportabile. Non apre bocca per ore o risponde a monosillabi, fingendo di non capire anche quando le è tutto chiaro. Qualcuno le consiglia di non fumare? Per tutta risposta butta il mozzicone sul pavimento. E a chi la richiama a un comportamento più corretto, risponde a muso duro come se fosse ancora alla Gara du Nord, faccia a faccia con un boskettaro rivale. Provocare, mettere in imbarazzo, cercare lo scontro: una strategia che sconcerta qualche volontario, non certo Miloud, che ignora Corina facendola infuriare. Lui sa bene che si comporta così solo perché si sente in imbarazzo; respinge per paura di essere respinta. Ha fatto così anche con lui, ma il trucco ormai non funziona. Miloud non fa una piega, sorride, aspetta che sia lei a venirlo a cercare, con la coda tra le gambe. Inutile pretendere troppo da una ragazza con una storia come la sua; Miloud non potrebbe mai avercela con lei, specialmente adesso che le ha preparato una sorpresa pazzesca.

Capitolo 16

Dalla finestra si vede il Parco di Brancoveanu e il cimitero di Serban Voda, il più grande di Bucarest. Non è proprio il panorama più allegro della città, eppure Corina si sente scoppiare, come un bambino con un giocattolo nuovo. E che giocattolo! Dopo sette anni passati in strada, ha di nuovo una casa.

È un piccolo bilocale al primo piano, con un bagno e un cucinino, il primo esperimento di "appartamento sociale"affittato da Parada per sistemare i ragazzi pronti a vivere in mezzo alla gente. Sono stati scelti tra quelli che hanno smesso da anni di drogarsi e rubare, rispettano le regole, vanno a scuola o comunque conducono un'esistenza regolare.

Nelle intenzioni di Miloud, l'esperimento dovrebbe rappresentare l'ultimo passaggio verso una vita normale. Tenda, centro diurno, appartamento: il clown pensava già da molto tempo a queste tappe. Finalmente, i risultati del primo tour e gli aiuti degli amici italiani cominciano a farsi sentire, e per qualcuno i canali diventano un ricordo. Sarebbe bello se i suoi amici prima o poi potessero rientrare in famiglia, ma per la stragrande maggioranza di loro tornare con i genitori è un sogno irrealizzabile. Anche per questo, avere un tetto sopra la testa è un evento storico.

L'appartamento sociale ha un'importanza fondamentale anche per un altro motivo. I contatti tra i ragazzi e il mondo esterno finora sono stati filtrati: gli spettacoli in Romania, le tournée in Italia. Per il resto c'era sempre Parada a risolvere i problemi. Adesso, almeno per chi vive a Serban Voda, le cose cambiano. Un educatore passa ogni giorno a trovare i ragazzi e controlla che siano andati a scuola o a lavorare, e che tutto fili liscio. Pochi minuti, e poi se ne va; per il resto della giornata, gli inquilini devono badare a se stessi. Fare la spesa, pagare le bollette, parcheggiare le bici in cortile rispettando le regole del condominio, mantenere rapporti corretti con i vicini di casa. È la condizione essenziale posta da Miloud a chi vuol conservare questo privilegio.

Corina si sente una regina, ma naturalmente non vivrà da sola; per abbattere i costi, ogni appartamento deve ospitare il maggior numero possibile di ragazzi. Con lei ci sono Rafael, Orak e Marius, un altro decano della strada. I letti vengono sistemati in modo che Corina abbia uno spazio solamente suo: conosce i suoi compagni da molti anni, e tra di loro non ci sono ambiguità, ma la distinzione tra maschi e femmine è un punto fermo. Miloud pretende un cambiamento radicale rispetto alla vita di strada, dove uno degli aspetti più degradati è sempre stata la promiscuità animalesca, accompagnata dalla totale ignoranza di qualsiasi forma di educazione sessuale.

Quando Corina mette piede per la prima volta nel "suo" appartamento, a metà ottobre del 1998, resta come inebetita. Sono passati tre giorni da quando, al rientro dal tour italiano, Miloud le ha spiegato la grande novità; la sua reazione è stata contenuta, come se quasi non ci credesse. Quando però, arrivata sulla soglia, si vede consegnare le chiavi, si sente quasi svenire. «Apri. È casa tua, no?» sussurra Miloud. Facile a dirsi, ma le mani tremano così tanto che centrare la toppa è un'impresa. Corina gira per le stanze, osservandole come se fossero i saloni della reggia di Versailles. Tutto sembra meraviglioso: il letto, la poltrona in un angolo della sua stanza, il tavolino della cucina, perfino i piatti nella dispensa.

L'emozione è fortissima; a un certo punto Miloud deve andare, e Corina si sente perduta, travolta dalla paura che il sogno da un momento all'altro finisca. Un attimo dopo corre ridendo da una stanza all'altra, si butta sul letto, abbraccia il cuscino. Si lascia sballottare da una serie di sensazioni contrastanti, che la lasciano esausta e confusa. Ci vogliono ore perché, finalmente, riesca a liberarsi dell'ansia, sfogando la tensione in un pianto interminabile. Succede quando fa scuro, e Corina si rende conto di non dover scendere sottoterra.

La seconda tournée italiana comincia nel febbraio del '99, e comprende una novità e molte conferme. La tappa inedita è Ceggia, in provincia di Venezia; i ragazzi si esibiscono in paese e poi partecipano al Carnevale di Venezia con uno show in tema. Le altre date si tengono invece in alcune delle località che già avevano accolto gli artisti romeni l'anno precedente: Bassano del Grappa, Casaloldo, Bergamo e Paganica. Non è un caso: in queste città vivono e lavorano alcuni dei più attivi sostenitori di Parada in Italia.

I risultati non deludono le attese, ma appare sempre più chiaro che la buona volontà di pochi privati non basta più a sostenere il peso di quella che è ormai la principale fonte di finanziamento: le tournée. È necessario uno sforzo organizzativo più imponente per coinvolgere nuove realtà, penetrare in regioni non ancora visitate, moltiplicare gli eventi. È nell'ordine naturale delle cose, insomma, che anche l'organizzazione degli spettacoli italiani passi a COOPI. Le trasferte italiane si moltiplicano: dopo quella di Carnevale, nel '99 si tengono altre quattro tournée, che toccano in totale ventitré città. L'attenzione dell'opinione pubblica verso Miloud cresce proporzionalmente allo spazio che la stampa gli riserva; gli italiani si entusiasmano scoprendo che dal '92 il clown è riuscito a entrare in contatto con centinaia di ragazzi. Il diretto interessato, però, non ama troppo gli applausi. Travolgente quando si tratta di risolvere i problemi, diventa schivo se qualcuno cerca di metterlo su un piedistallo. Specialmente se lo fa per vendere qualche copia in più.

Non tutti i riconoscimenti, però, sono di maniera. Di Parada si è accorta anche l'UNICEF, che rende merito al suo fondatore assegnandogli il premio "Dalla parte dei bambini". Miloud lo ritira a Siena, durante una cerimonia che lo lascia vagamente intimidito e del tutto esausto. Non può certo immaginare che, pochi mesi dopo, a Roma, lo attende un'emozione molto più intensa. È la mattina del 20 ottobre 1999, quando i passi dei suoi scarponcini rimbombano nei corridoi del Vaticano. Mancano pochi minuti alle undici, ora d'inizio delle udienze papali. Giusto il tempo per cercare vanamente di regolarizzare il battito cardiaco, e Miloud si ritrova al cospetto di Giovanni Paolo II. Un incontro che vale cento premi: il Pontefice si rivolge in francese a Monsieur Oukili, ringraziandolo per aver salvato la vita di tanti bambini. Poche parole, che però non si dimenticano.

«Ma cosa gli è successo?» Tutti quelli che incontrano Lucian fanno la stessa domanda; nessuno l'ha mai visto così abbacchiato, neppure quando era scappata sua madre. Cavargli una sillaba, poi, è ancora più difficile del solito: se qualcuno cerca di incalzarlo, scappa via e non si fa vedere per giorni. Alla fine viene fuori che il problema è Kami, sua sorella. Tutti sapevano che, da qualche mese, frequentava un balordo abituato a entrare e uscire di galera. Un poco di buono che Lucian non ha mai sopportato; nonostante mille scontri, però, non è mai riuscito a convincerla a lasciarlo perdere. Kami ha due anni più di Lucian, e non accetta di farsi fare la predica da quello che per lei è e resterà sempre "il ragazzino"; ogni volta, invariabilmente, le loro discussioni finiscono in rissa. Finché, all'ultimo incontro, Kami si presenta con un'aria dimessa e gli occhi lucidi. Strano, pensa Lucian, abituato a trovarsi davanti la sua solita faccia da schiaffi. Perché la sorella è così a pezzi? A quanto pare Nicolas, il fidanzato, ha svuotato un magazzino ed è finito di nuovo in carcere. Tutto qui? No, è impossibile: se dovesse piangere tutte le volte che quell'idiota finisce nei guai, non le basterebbero tre fazzoletti al giorno. Dev'esserci dell'altro. Il ragazzo fissa la sorella, che scoppia in lacrime: «Sono incinta.»

Lucian non dice niente. Guarda Kami come se si stesse allontanando su una scala mobile; ogni secondo che passa la vede più distante. Perduta.

Non ha voglia di litigare, vorrebbe solo strozzarla. Dopo tutti i salti mortali fatti per salvare i fratellini più piccoli, l'idea che Kami si sia buttata via così lo rende furioso. Scappa via, senza dirle niente. Torna nel gruppo, ma la testa non c'è. Lo tortura il pensiero di un altro bambino destinato alla strada e al dolore.

Dopo un paio di settimane, Lucian viene a sapere che Kami è andata a cercarlo al Centro diurno.

«Ha detto che ha bisogno di parlarti» gli spiega Rafael. La risposta è secca: «Niente da fare, non la voglio vedere.»

Nessuno riesce a calmarlo, neppure Dan, l'amico di sempre. Dan, che per una volta è al settimo cielo: ha appena fatto visita al suo fratellino, un bambino bellissimo che suo padre ha avuto dalla nuova compagna. Una ragazza conosciuta da un paio d'anni, non quell'arpia che aveva sbattuto Dan fuori di casa. Dopo un black out durato a lungo, il ragazzo ha deciso di farsi vedere, e scoperto tutte le novità. La nuova padrona di casa è gentile, e lo accoglie sempre con un sorriso. Anche suo padre è cambiato: è un debole, lo è sempre stato, ma con una donna dolce accanto sembra un'altra persona. E poi c'è il bambino, una meraviglia. Un fratello, chi l'avrebbe mai detto. Dan non ci aveva mai neppure pensato, ma ora non sta nella pelle. Dopo il primo incontro, cerca di vederlo più che può, lo prende in braccio, lo coccola, fa lo scemo per farlo ridere.

Insomma, è al settimo cielo. Neppure lui, però, riesce a placare Lucian. «Perché non ci vuoi parlare? In fondo adesso ha davvero bisogno di te. In fondo le cose si aggiustano: se ce la siamo cavata noi...»

Lucian però è troppo sconvolto, ha bisogno di starsene un po' per conto suo. Fa l'offeso, ma in realtà è disperato; gli sembra di avere davanti agli occhi, con anni di anticipo, la Via Crucis di quella povera creatura: il padre in galera o alcolizzato, la madre sfiorita con la faccia piena di lividi, le bollette da pagare, le botte... Una storia già vista, di cui Lucian conosce purtroppo tutte le sfumature. È per questo che la follia di Kami lo fa ripiombare in un'angoscia che sperava di aver superato per sempre.

Il ragazzo però vuol parlare con Miloud, raccontargli tutto. Il clown ascolta, ma non dice nulla: le frasi di circostanza non sono mai state la sua specialità.

«È tua sorella, e non te lo puoi dimenticare. Forse, però, ti farebbe bene non vederla per un po', vero?»

Lucian annuisce.

Da un cassetto salta fuori la lista degli artisti per la prossima tournée: sono dieci, e Lucian non c'è. Era previsto che "saltasse" questo giro, per dare spazio a nuovi compagni. «Vorrà dire che stavolta partirete in undici...» sorride Miloud. Il circo è come la vita: se un artista cade, il suo compagno lo aiuta a rialzarsi.

Capitolo 17

Ogni volta la stessa storia. Quando si torna a casa, la sensazione è quella di aver vissuto un'avventura meravigliosa: i ragazzi sono felici, nuovi amici hanno conosciuto Parada, le casse della Fondazione sono un po' meno vuote... Quando però è in corso di svolgimento, una tournée può trasformarsi in un incubo, capace di far venire i capelli bianchi anche all'educatore più esperto.

Il problema più grosso, ovviamente, è la gestione degli artisti. Sono imprevedibili: già nella normalità alternano momenti di euforia immotivata, lunghi silenzi e scatti di violenza altrettanto inspiegabili. Un'instabilità che, appena si allontanano da Bucarest, si acuisce con effetti inquietanti. Viaggiare li eccita, li rende nervosi; fanno fatica a restare concentrati, non sopportano orari fissi e tabelle di marcia troppo intense, e reagiscono nei modi più strani. Capita così di dover calmare Elvis, che ha sentito parlare della trasmissione *Carramba, che sorpresa!*, e fa il pazzo per farsi accompagnare in tivù e lanciare un appello a sua madre. Mia, eccitata all'idea di vedere Roma, cerca di aprire la portiera mentre l'auto va a centotrenta all'ora sul Raccordo Anulare, mentre Liviu fa di peggio: irritato per il rimprovero di un accompagnatore, approfitta di una sosta in autogrill per sparire. Non vuole scappare, si limita a nascondersi dietro un tir per godersi lo spettacolo. Sa bene che la sua scomparsa scatenerà il panico, e non farsi trovare è il suo modo per vendicarsi.

Se i trasferimenti sono complicati, le cose non migliorano quando i ragazzi arrivano per la prima volta a casa delle famiglie che devono ospitarli. Si sentono sotto esame, e questo quasi sempre tira fuori il peggio di ognuno, provocando una regressione nel comportamento. Così ragazzi che non rubavano più da anni fanno sparire le cose più stupide e inutili, giusto per fare una bravata, oppure cercano di impietosire i loro ospiti per ricevere in regalo un paio di scarpe da ginnastica alla moda o qualsiasi altra cosa. Se poi i padroni di casa, magari per timidezza o inesperienza, fanno l'errore di mostrarsi troppo protettivi, come se avessero davanti un bambino delle elementari, rischiano di innescare una reazione da boskettari, un misto di arroganza e maleducazione.

Anche i rapporti tra ragazzi, durante le trasferte, si fanno più aspri; gli artisti non sopportano la mancanza di tempo libero e diventano aggressivi, lasciandosi andare a continui litigi e qualche spintone di troppo.

Anche Corina risente dello stress da tour: a Bergamo ruba un profumo. Marian cerca di scagionarla con un gesto romantico pagato a caro prezzo: si accusa del furto, e viene rispedito in Romania per punizione. Quando Corina si pente e confessa tutto, è troppo tardi, il ragazzo è già a Bucarest. Dopo un periodo abbastanza tranquillo, coinciso con il trasloco nell'appartamento sociale, è caduta nuovamente in depressione. Come al solito il problema è la famiglia, anzi la madre: vorrebbe che la vedesse adesso, e cambiasse idea su di lei. "Non sono una puttana: vado al liceo, ho una casa e molti amici, anche all'estero" ecco cosa vorrebbe dirle. Non ha però il coraggio di farsi sentire: è troppa la paura di essere straziata una volta di più dal sarcasmo di quella povera donna, con cui nonostante tutto non riesce a essere in collera. «Se mia madre avesse avuto una casa, forse sarebbe stata diversa» sussurra una sera a Rafael.

Anche la convivenza domestica, dopo gli entusiasmi iniziali, comincia a crearle qualche problema. Quasi ogni giorno Corina s'infuria con i suoi compagni: si comportano come se vivessero ancora per strada. Lei ce la mette tutta per rendere carino l'appartamento, ma con quei tre in giro per casa l'impresa è impossibile. Sporcano, lasciano piatti, bicchieri e mozziconi dappertutto; è un miracolo non trovare mutande e calzini sporchi anche nel frigorifero. Per non parlare delle scarpe infangate che trasformano il pavimento in una palude cinque minuti dopo che è stato lavato.

Ci sono giorni in cui, più che la padrona di casa, Corina si sente la serva. Anche per questo, quando torna in Italia alla fine del '99, è proprio giù di corda, e il contatto con le famiglie italiane peggiora il suo umore. Capita a molti: se vedono una famiglia felice, non riescono a farsi contagiare; anzi, si sentono più soli e tristi di prima, come se fossero schiacciati dalla propria condizione.

Trasformare la cordialità altrui in un'umiliazione: in questo Corina ormai è un'artista. Non può immaginare, però, che a cambiare le cose arriva qualcosa di davvero imprevedibile: l'amore.

Si chiama Roberto, ed è siciliano. Conosce Corina quando i ragazzi si esibiscono a Palermo, e resta "secco". Dopo qualche settimana, decide di andare a trovarla a Bucarest: vuole chiederle di fidanzarsi con lui. Corina è sorpresa: è un bel tipo, viene da un'ottima famiglia ed è pure ricco. Cosa vuole da lei uno così? Un bel ragazzo pieno di soldi non ha bisogno di andare in Romania per levarsi certi sfizi... Ma Corina sente che Roberto è sincero, non la sta prendendo in giro. Per quanto depressa sia, non ha paura di lui.

Prima o poi doveva capitare; la storia delle tournée è piena di piccole infatuazioni, sguardi curiosi e qualche bacio. A Dan e Orak era capitato perfino di mettersi insieme a due cugine di Pescara, ma la cosa era durata poche settimane. Storie d'amore vere e proprie non ce n'erano ancora state.

Quella tra Roberto e Corina è la prima, e non è certo un fuoco di paglia; il ragazzo appena può torna a Bucarest e Corina, quando non deve andare a scuola, ricambia la visita nella sua villa al mare.

Miloud sa come stanno le cose, ma non dice nulla: vuole che sia Corina a decidere cosa fare.

La ragazza esita, ma Roberto le piace: dopo la fine della storia con Marian, è la prima volta che si sente attratta da qualcuno. Forse ad affascinarla è anche il fatto di vivere un'esperienza completamente nuova: Roberto non c'entra niente con tutto quello che è successo, le botte, le malattie, l'orrore.

È dolce, le vuole bene, fa quasi tenerezza con le sue premure: sembra un marziano, rispetto ai ragazzi conosciuti finora!

Anche se non riesce a lasciarsi andare, Corina sente che quel calore la fa sentire meglio.

Di questa storia però non parla volentieri, neppure con gli amici. Poi, un giorno, circa tre mesi dopo il loro primo incontro, Corina esce di casa senza dire niente a nessuno. È stanca, ha bisogno di una svolta. Prende solo una borsa e va all'aeroporto: poche ore, e sarà a Palermo.

Miloud stappa la birra e si accende una sigaretta. Piove a dirotto e fuori, davanti alla fermata del tram, si è formata una pozzanghera che sembra un lago. Con il buio che scende, le ombre di Serban Voda mettono quasi soggezione.

«Non ce l'ho fatta.» La voce di Corina è calma, bassa, apparentemente senza emozione.

È passato un mese dalla sua fuga in Italia, e cinque giorni dal suo rientro a Bucarest.

«Stavo male, e ho pensato che lui potesse essere la cura. Invece mi faceva stare ancora peggio, certe volte mi mancava il respiro. Lui non c'entrava niente, ero io che non resistevo. Povero Roberto, l'ho trattato proprio male...»

Miloud ascolta in silenzio; non sembra arrabbiato.

«Non sarei mai andata via senza dirtelo, non era una fuga. Avevo bisogno di capire cosa mi stava succedendo, cosa volevo veramente.»

Nessuna risposta: l'invito ad andare avanti.

«Quando Roberto ha cominciato a venire qui, ero felice. Mi faceva sentire speciale, preziosa. Ho passato anni a levarmi di dosso le mani luride di quei porci che mi trattavano come un oggetto, e ora all'improvviso c'era questa persona che poteva avere qualsiasi ragazza, e invece aveva scelto proprio me, e prendeva l'aereo per starmi accanto anche solo poche ore.»

Sospira, usa il mozzicone della sigaretta per accenderne un'altra. Poi riprende.

«A Palermo le cose sono cambiate. Lui era uguale, ma io no. Avevo paura, vedevo pericoli dappertutto: camminavamo per la strada, e mi sentivo morire all'idea che qualcuno mi indicasse, spiegando chi ero e da dove venivo. Andavamo in pizzeria con i suoi amici, e mi si chiudeva lo stomaco. "Oddio, e se qualcuno mi chiede qualcosa? Cosa fanno i tuoi genitori, cosa studi, dove vivi..." Avevo sempre i nervi tesi: bastava che qualcuno ridesse, e subito pensavo che ce l'avesse con me. E se anche non succedeva niente di strano, ero agitata lo stesso: mi convincevo che Roberto aveva chiesto ai suoi amici di comportarsi bene, per non mettermi in imbarazzo.»

Ormai è buio. Il traffico è quello dell'ora di punta; dalla strada sale il frastuono dei clacson impazziti.

«Ne abbiamo parlato più di una volta. Roberto cercava di tranquillizzarmi. "Hai sofferto tanto" diceva "è normale che non ti fidi degli estranei. Qui però tutti ti vogliono bene, e io ti amo. Se vieni a vivere qui, in poco tempo passerà tutto." Me lo ha ripetuto cento volte, anche il giorno che me ne sono andata.»

Quando Corina smette di parlare, in casa c'è un silenzio irreale. L'unico rumore è il respiro affannoso della ragazza, il sibilo di chi sforza di non piangere. Miloud ha deciso di lasciarla sfogare fino in fondo.

«Avrei voluto fidarmi di lui, ma non c'è stato niente da fare. Mi sorrideva, e io avrei voluto scappare. Mi baciava, e pensavo che prima o poi mi avrebbe rinfacciato la mia storia, i miei sbagli, la colla, i pidocchi, tutto. Perfino la sua dolcezza ha iniziato a darmi fastidio, perché giorno dopo giorno mi stavo convincendo che non poteva essere autentica. L'ho provocato, l'ho insultato, e il fatto che non reagisse mi rendeva furiosa. Mi sono sentita meglio solo quando me ne sono andata da quella casa.»

China il capo, con le mani nei capelli, piangendo piano.

«Sull'aereo mi sono sentita uno schifo: l'ho lasciato lì, con le lacrime agli occhi, a chiedersi perché avevo rotto con lui. Almeno una spiegazione se la sarebbe meritata, ma io non voglio dirgli niente, non posso. Voglio stare a casa mia, e basta. Perdonami se non te ne ho parlato prima, ma non avrei saputo cosa dire. Perfino a te.»

Miloud posa il bicchiere, prende la giacca.

«Tra un mese torniamo in Italia: c'è un'altra tournée. Cosa pensi di fare?»

Corina tira su col naso, cerca di sorridere. «Basta che non sia in Sicilia…»

«Tranquilla, stavolta andiamo al Nord.» Le dà un bacio in fronte prima di aprire la porta. «Adesso devo proprio andare. C'è altro?»

«Sì. Voglio iscrivermi all'università.»

Capitolo 18

L'università è un vecchio sogno di Corina, forse il più segreto. Fin dal suo arrivo a Bucarest, per farsi coraggio anche nei momenti peggiori, chiudeva gli occhi e sognava di diventare un grande avvocato, uno di quelli che combattono le ingiustizie e vincono sempre.

Non l'aveva mai detto a nessuno, perché aveva paura che ridessero di lei: come può pretendere di indossare la toga una stracciona che per anni non ha fatto altro che rubare? Già si immaginava i commenti: una così in tribunale può finirci solo con le manette ai polsi o, nella migliore delle ipotesi, per frugare nei cestini della spazzatura… Eppure, con il passare del tempo e il ritorno sui banchi di scuola, il desiderio di iscriversi alla facoltà di Giurisprudenza è tornato, più forte di prima.

In fondo, dopo tutto quello che è successo, che senso ha la parola "impossibile"? Se è riuscita a fuggire dai canali, può fare tutto, anche laurearsi. Una certezza che, dopo la rottura con Roberto e la decisione di tornare a Bucarest, è cresciuta ogni giorno di più.

Il problema è che, impegnata com'è a pensare al futuro, Corina non riesce a gestire il presente. Per finire il liceo le manca ancora un anno e, con tutte le assenze accumulate durante la fuga in Sicilia, il suo rendimento è molto peggiorato. Anche il suo modo di comportarsi lascia molto a desiderare: è scontrosa, intrattabile, come se ce l'avesse con il mondo. In realtà, sono gli altri che avrebbero tutto il diritto di essere arrabbiati con lei: ha violato tutte le regole, è scappata senza dire una parola, e al suo ritorno non ha neppure chiesto scusa. Il suo modo di fare ha messo in imbarazzo anche Miloud: molti ragazzi lo hanno accusato di usare due pesi e due misure. Nonostante quello che ha combinato, Corina conserva il posto in appartamento, e sta per partire un'altra volta per l'Italia. Chi glielo a spiega a quelli che si comportano in maniera irreprensibile, eppure restano a Bucarest, a dormire sottoterra?

Nonostante qualche mugugno, tutto si sistema. Se Miloud e lo staff di Parada pensano che Corina meriti un'altra chance, il discorso è chiuso. È chiaro però che il clown si aspetta che la ragazza si rimetta in carreggiata, e alla svelta. Prima della partenza, le parla molto chiaramente: «Stavolta non voglio fesserie. Se sparisce anche un fiammifero usato, non la passi liscia.»

Quel che preoccupa Miloud non sono le bravate di Corina, ma la mancanza di consapevolezza. Chi va in tournée ormai è considerato un ambasciatore di Parada: se si comporta male, danneggia tutti. Specialmente se è un veterano, che ha fatto tutte le trasferte. Anche se non sembra rendersene conto, Corina a suo modo è una celebrità e, in quanto tale, non può sgarrare.

Incalzata da Miloud, la ragazza promette di rigare diritto; il nuovo soggiorno italiano, però, comincia nel peggiore dei modi.

Lucia Severi ferma la macchina davanti alla stazione e si guarda intorno: di parcheggiare, a quest'ora, non se ne parla. A mezzogiorno, nel centro di Mantova, è già un lusso fermarsi in doppia fila. Poco male, il treno di Corina dovrebbe arrivare tra poco. È la prima volta che la famiglia Severi ospita una ragazza di Parada, e Lucia non vede l'ora di conoscerla: ha chiesto lei che fosse una ragazza. Con una figlia adolescente, la prospettiva di un "rubacuori" romeno in giro per casa le avrebbe creato un po' di preoccupazione.

Suo marito Matteo, che ha conosciuto Corina a Milano circa due mesi prima, gliel'ha descritta come un tipo silenzioso, timido, ma quel ritratto sommario non le basta.

I Severi, come centinaia di altre famiglie italiane, non hanno conosciuto Miloud direttamente, ma attraverso una delle tante associazioni con cui Parada è entrata in contatto. In questo caso specifico si tratta di un centro di aiuto alla vita, con cui Lucia collabora da molti anni.

Dodici e un quarto: ci siamo. Se il treno è in orario, Corina dovrebbe uscire da un momento all'altro. I minuti, però, passano, e non si vede nessuno. Dodici e trenta, dodici e quaranta: Lucia trova un varco sulle strisce pedonali, spegne il motore e decide di dare un'occhiata. Nella sala d'aspetto, con una sigaretta in bocca, c'è una ragazza che sfoglia una rivista.

«Corina?» Il capo si volta, ma l'espressione non cambia.

«Sono Lucia, ti stavo aspettando qui fuori. Il treno era in ritardo?»

«No, è che non mi andava di uscire.» Poi lascia cadere il mozzicone ancora acceso per terra, prende la borsa e va verso l'uscita. «Andiamo? Ho fame.»

Lucia non fa una piega: ha una certa esperienza

con i ragazzi difficili, e poi l'avevano messa in guardia sui rischi del primo incontro. Scorta Corina fino alla sua Cinquecento rossa, e sblocca le portiere.

«E questa sarebbe la tua macchina?» chiede la ragazza con aria palesemente schifata.

«Sì, perché, ha qualcosa che non va?»

«No, no» biascica Corina con sufficienza, come se non volesse sprecare il fiato; chi va in giro con un simile catorcio, a quanto pare, non merita neanche una risposta.

Dopo dieci minuti di silenzio pesante come il piombo, l'auto arriva a destinazione: la villa dei Severi è appena fuori città.

«Spero che ti piaccia» sorride Lucia, cercando di rompere il ghiaccio. La risposta, però, non è incoraggiante: «Questa è una casa da ricchi, e i ricchi sono tutti stronzi.» I margini di manovra per una conversazione civile si stanno restringendo pericolosamente: l'auto è troppo da poveri, la casa è troppo da ricchi... Non se ne esce, meglio glissare.

«Ecco, questa è la tua stanza. Se vuoi darti una rinfrescata, ci vediamo dopo» dice Lucia e chiude la porta prima di subire l'ennesima stoccata.

*

La prima settimana a Mantova non è un granché. Pur senza mai toccare i punti di villania del primo giorno, Corina resta scostante, monosillabica, totalmente sulla difensiva. Lucia però non si scompone, e va dritta per la sua strada: si mostra cordiale ma non le chiede mai niente, la coinvolge nella vita di famiglia ma non dà mai l'impressione di essere delusa se la sua ospite ne resta ai margini. "Ho voglia di parlare con te. Quando ne avrai voglia anche tu, sai dove trovarmi": questo, più o meno, è il messaggio.

L'appuntamento slitta di giorno in giorno, finché una sera dopo cena, imprevedibilmente, Corina si sblocca. È seduta in cucina con Lucia. La figlia Daniela sta sparecchiando; apre il frigo, prende una bottiglia di latte e guarda l'etichetta. «Scadeva oggi» sussurra mentre rovescia il contenuto nel lavandino. La smorfia di Corina non sfugge a Lucia, che però non dice una parola. Non serve, lei si apre in modo torrenziale: comincia dal cibo schifoso, raccattato per anni nei bidoni di Bucarest, ma poi passa al resto. La famiglia, la strada, la violenza, la paura.

Matteo e Tommaso, il figlio maschio, sono andati a giocare a tennis; le tre donne restano ore inchiodate alle sedie. La crudezza di Corina è impressionante: non risparmia niente a chi l'ascolta, e neppure a se stessa.

Il contrasto tra gli orrori che descrive e la calma della sua voce mette i brividi. Il monologo si chiude con tre volti pieni di lacrime e nessuna voglia di parlare: bastano le mani appoggiate sulla tovaglia, che si stringono in silenzio.

È la svolta. Non avere più segreti ha un effetto terapeutico su Corina: quella che scende a fare colazione, la mattina dopo, è davvero un'altra persona. Sembra quasi che condividere i suoi segreti più orribili, invece di aumentare l'imbarazzo, lo abbia cancellato. La sua confessione non ha prodotto alcun danno: Lucia e Daniela sono gentili e affettuose come prima, ma solo ora Corina riesce ad apprezzare il loro calore, a partecipare senza vergogna alla vita di famiglia, a chiedere consigli e aiuto. Nei giorni precedenti si fronteggiavano una ragazza di Bucarest e una famiglia italiana; ora gli schemi sono saltati, il rapporto diventa personale. Quando Corina fa le valige e torna a Bucarest, si sente nell'aria che il suo è solo un arrivederci, e che queste due settimane rappresentano l'inizio di un rapporto profondo. L'attenzione riservata a lei e al suo futuro diventa speciale, e la ragazza, con il passare dei mesi, impara a vestire senza disagio i panni di una specie di "figlia adottiva".

Una volta a casa, Corina mostra uno spirito che le mancava da tempo. Il suo primo obiettivo è tornare a scuola e darsi da fare per ottenere il diploma. S'impegna come non faceva da tempo, e i risultati si vedono.

Quando, verso marzo, è chiaro che il rischio della bocciatura è scongiurato, può pianificare l'iscrizione all'università; Parada sta cominciando a istituire le prime borse di studio ma, con tutte le emergenze che bisogna fronteggiare, Corina pensa che i suoi studi siano l'ultimo dei problemi. Ci sarebbero anche i Severi, che approvano la sua scelta di continuare gli studi e hanno spiegato di essere disposti ad appoggiarla; Corina ringrazia, ma preferirebbe cavarsela da sola. Un aiuto a Lucia, però, lo chiede lo stesso: vorrebbe passare l'estate in Italia, a lavorare. «Non conosci nessuno che mi potrebbe assumere? Solo fino a settembre...» È il nuovo obiettivo: tre mesi di stipendio per finanziare il sogno universitario.

Lucia si mette all'opera, ma non a Mantova, perché d'estate la città si svuota, e le occasioni di lavoro sono poche. Molto più promettente è la situazione a Malcesine, sul Lago di Garda, dove i Severi hanno da molti anni una casa delle vacanze. Il classico paese a due facce: d'inverno è un mortorio, d'estate si trasforma in un'alveare per turisti; a fine maggio si alzano decine di saracinesche che rivelano bar, pizzerie e locali di tutti i tipi. Lucia conosce molti ristoratori, di alcuni è anche amica, non deve far molta fatica per scoprire chi sta cercando manodopera stagionale. Prima ancora di venirlo a sapere, Corina si ritrova così nello staff della pizzeria Smeraldo: al padrone serve una cameriera e - se a presentarla è Lucia - il posto è già assegnato.

Corina non deve neppure porsi il problema dell'alloggio: casa Severi è grande, e la neoassunta può vivere lì. La grande scommessa parte il primo giugno: come reagirà Corina a uno stress così forte? Tranne qualche passaggio a vuoto, tutto sommato senza conseguenze, finora nella sua seconda vita non ha mai sgarrato. Lo staff di Parada, tra l'altro, trova molto positivo il fatto che sia stata lei a voler lavorare all'estero; di solito è un problema convincere i ragazzi di Bucarest a essere indipendenti. Tra loro e Miloud, anzi, si crea spesso un legame strettissimo, molto difficile da recidere. Corina non fa eccezione: dipendesse da lei, vivrebbe con il suo clown preferito. L'idea di guadagnarsi da sola il diritto a studiare, però, la attira moltissimo; al resto ci pensa lo stesso Miloud, dimostrando il suo totale apprezzamento per la missione italiana.

La prova che attende Corina è senz'altro molto impegnativa. Raccogliere gli applausi durante una tournée è un conto, correre ogni sera tre o quattro ore di fila con i piatti in mano è un altro. E poi vanno messe in preventivo le eventuali tensioni con i colleghi e le lamentele – sempre possibili – dei clienti che hanno fretta di essere serviti e trovano sempre qualcosa da ridire sul cibo, la birra troppo calda, i tempi d'attesa e così via.

Corina è molto tranquilla, mentre gli amici si preoccupano per lei. La fatica non la preoccupa e, quanto a eventuali discussioni con camerieri e villeggianti, la fanno sorridere: come potrebbe preoccuparsi per così poco, con la storia che ha alle spalle? In realtà, stipendio a parte, quello che più l'attrae è la consapevolezza di poter vivere in incognito. Nessuno a Malcesine sa niente di lei, tranne i Severi. Anche il proprietario dello Smeraldo ignora i particolari della sua vita, crede di aver assunto un'orfana romena che ha bisogno di tirar su qualche soldo. Gli altri non sanno neppure questo, e la trattano come una qualsiasi, senza riguardi né perfidie particolari. È la cura che le serviva per superare le ansie esplose a Palermo: là dubitava dei sorrisi, qui gode anche degli insulti, perché sa che chiunque al posto suo li avrebbe ricevuti. È la chiave di tutto: l'anonimato. Potrebbe anche venire da una famiglia modello e avere una laurea; i suoi colleghi la manderebbero comunque al diavolo, se sbaglia qualcosa. Strano a dirsi, ma è una sensazione inebriante e, soprattutto, assolutamente nuova. È da quando ha tredici anni che si sente gli occhi addosso: la boskettara, l'amica di Miloud, la volontaria di Parada, la veterana delle tournée. Che bello, per una volta, non essere nessuno, e lavorare tra gente che a malapena sa dov'è la Romania, e vive benissimo anche senza farsi gli affari tuoi.

Stando bene attenti a non farsi scoprire dalla diretta interessata, i Severi seguono giorno per giorno il "battesimo" di Corina. Il datore di lavoro sembra soddisfatto: la ragazza lavora molto, non si lamenta mai, a volte ha quasi la tendenza a strafare. «Ci manca solo che chieda di prendere il posto del cuoco...» racconta scherzando. Nel complesso, insomma, la nuova arrivata è promossa a pieni voti. Un giudizio che si rafforza con il passare delle settimane, quando i turisti aumentano di numero e il lavoro diventa sempre più pesante.

Alla fine di luglio, come previsto, i Severi lasciano Malcesine per un viaggio di una quindicina di giorni: hanno già deciso da qualche giorno di lasciare a Corina le chiavi di casa. Un riconoscimento per la maturità dimostrata, un premio che la ragazza apprezza tantissimo; per ripagare la fiducia, s'impegna ancora di più, e anche quando non lavora fa in modo che nessuno possa lamentarsi del suo comportamento.

Si sente strana, le sembra impossibile che tutto fili così liscio: il lavoro va bene, la paga è buona, nessuno ha cercato di offenderla e quasi ogni giorno riesce a farsi una nuotata. La Romania un po' le manca, ma l'esperienza a Malcesine è perfetta. Non si è mai sentita normale come in questo soggiorno italiano: sarà un caso?

Il dubbio l'accompagna fino a Bucarest, dove è però felice di ritrovare i suoi amici: Miloud non c'è, è a Parigi, ma gli altri ci sono tutti e le riservano un'accoglienza calorosa. Appena rientrata a casa, però, Corina sbatte subito contro il muro della burocrazia: per accettare la sua iscrizione all'università le chiedono una montagna di documenti, molti dei quali difficili da trovare. Quasi ogni giorno deve andare in segreteria e dare un sacco di spiegazioni imbarazzanti, perché non ha questo, perché non sa quello... Alla fine, per venirne a capo le serve l'aiuto di Parada. Una volta l'avrebbe chiesto senza problemi, ma adesso la cosa le dà un fastidio tremendo. Le sono bastati pochi giorni a Bucarest per sentirsi di nuovo una persona strana, che non può fare niente se non c'è qualcuno che garantisce per lei.

In attesa di liberarsi dalle sabbie mobili delle carte da bollo, ed esordire finalmente come matricola, Corina si consola con un altro lavoretto, stavolta a domicilio. A procurarlo sono ancora i Severi: Matteo possiede un'azienda che ha rapporti commerciali con la Romania, e gli serve un'interprete per una serie di riunioni da svolgere a Bucarest.

Un lavoro breve, una settimana in tutto, che però Corina prende molto sul serio; vuole dimostrare ai suoi amici italiani che possono fidarsi di lei. È un po' agitata, però: stavolta non si tratta di servire al tavolo pizze e insalate, ma di partecipare a trattative importanti. Teme di far confusione con i termini tecnici, ma alla fine va tutto bene; Matteo è contento e i suoi partner romeni non hanno niente da ridire sul lavoro della traduttrice.

Cameriera, aspirante studentessa, interprete,

volontaria di Parada, artista di strada: il 2002 è stato per Corina un anno intenso, forse anche troppo. Dopo mesi frenetici, le fa piacere starsene un po' tranquilla, ad aspettare Natale e la prossima tournée, in programma a febbraio. Tutto fila liscio, finché un giorno, poco prima della partenza per l'Italia, arriva una telefonata da Mantova: è Matteo. Ha un tono strano, insolitamente vago. Chiede a Corina se, una volta in Italia, può fare una scappata a casa sua.

Basta e avanza per mandare Corina nel pallone. «Oddio, è successo qualcosa? Ho fatto qualcosa che non va?»

«Ma va', figurati, non ti agitare. Ho in mente un progetto interessante, e vorrei sapere cosa ne pensi.»

Bucarest, marzo 2003

È successo l'altro giorno. Stavo rientrando a casa, trafelata e stanca morta. Pioveva, e non vedevo l'ora di togliermi i vestiti inzuppati; mi sono comprata un ombrello, ma non ho ancora preso l'abitudine di portarmelo dietro. Per appendere il cappotto all'attaccapanni, ho avvicinato la faccia allo specchio appeso all'ingresso. Mi sono guardata, e per un attimo ho avuto l'impressione di avere davanti un'altra persona.

Quel giorno mi ero vestita abbastanza bene, e prima dell'acquazzone anche i capelli erano in ordine, ma non era il mio aspetto a colpirmi. Sono più di quattro anni che non vivo più in strada, e ormai mi sono abituata a guardarmi senza provare ribrezzo. Le infezioni lentamente sono guarite, e i pidocchi sono solo un ricordo lontano. Non ho cicatrici in faccia, e questo mi aiuta a nascondere agli altri i traumi del passato: anche nei momenti di panico, non ho mai avuto il coraggio di sfregiarmi il viso, e solo osservando attentamente i segni che ho sui polsi si può intuire la disperazione di un tempo.

No, a sorprendermi è stato lo sguardo. Gli occhi brillavano di una luce che non avevo mai notato prima: c'era un senso di normalità che mi ha lasciata di sasso.

Quando ho incontrato Miloud, credevo che la cosa più importante fosse riconquistare una vita normale. Mi sbagliavo, ma l'ho capito solo qualche anno dopo; la cosa che veramente conta, la più difficile, è vivere normalmente senza stupirsene. Dormire in un letto, mangiare in un piatto, avere un bagno per lavarsi e un cassetto pieno di magliette pulite: solo quando tutto questo ti sembra perfettamente naturale, puoi davvero ripartire.

È proprio questo che ho letto nei miei occhi, quella sera: ho una vita, e non c'è niente di strano. Quando cammino per la strada, non penso in continuazione che quella una volta era la mia casa, e avrei potuto morirci; se vado al bar e il caffé è cattivo protesto con il padrone, e non mi consolo pensando agli intrugli ributtanti che ho ingurgitato per anni. Il tempo dei paragoni, grazie a Dio, è finito.

Matteo Severi ha avuto la risposta che aspettava. Gli ho detto di sì: voglio il lavoro, voglio una casa tutta mia, voglio una vita vera. Ma li voglio a Bucarest.

Ci ho messo un po' di tempo a rendermene conto, ma ora lo so con certezza: la mia vita è qui. A Malcesine sono stata benissimo, perché sapevo che poi sarei tornata a casa; altrimenti sarei scappata da lì come sono fuggita da Palermo.

Non saprei dire esattamente quando ho preso questa decisione; so solo che a un certo punto, cercando di valutare concretamente l'ipotesi di trasferirmi in Italia, mi è sembrato quasi di perdere tempo. Ho pensato a Miloud, a Parada, ai ragazzi, all'università. Davvero potevo pensare di mollare tutti?

Restava il problema di spiegarlo a Lucia e Matteo. Un grosso problema, almeno per me; mi sentivo un po' ingrata, a rifiutare una proposta così generosa, e non sapevo come affrontare l'argomento. Poi mi sono fatta forza, e ho telefonato: "Matteo, tra una settimana ci vediamo a Milano, devo parlarti..." Lui non ha fatto una piega, ma secondo me aveva già capito tutto.

Ci siamo incontrati in un bar del centro, naturalmente c'era anche Lucia. La loro reazione mi ha fatto sentire una cretina: non solo non si sono arrabbiati, ma hanno promesso di starmi sempre vicino.

«Ormai fai parte della nostra famiglia» mi ha detto Lucia sorridendo. «Se vuoi vivere a Bucarest, vorrà dire che ti daremo una mano… a distanza.»

Nessuno mi toglierà mai dalla testa che, mentre diceva queste parole, aveva già in mente cosa fare. Di certo le sue non erano frasi di circostanza: due mesi dopo ho iniziato uno stage in un'azienda tessile nel quartiere di Serban Voda.

Il proprietario conosce Matteo da molto tempo, e ha accettato volentieri di prendermi con sé. Almeno per lui, il fatto che sono romena è un vantaggio. Con l'aiuto di alcune impiegate molto più esperte di me, sto imparando quello che chiamano il "controllo qualità". Dobbiamo esaminare i capi di prova e, se tutto va bene, diamo il via libera alla produzione su larga scala. All'inizio ero rigida come un pezzo di legno. Le colleghe mi dicevano che noi eravamo le uniche a non poter sbagliare, perché un nostro errore sarebbe costato milioni. Che paura! I primi giorni avevo incubi tremendi: sognavo di andare in fabbrica, e trovare migliaia di pantaloni con tre gambe e magliette con una manica sola. E la colpa era solo mia…

Poi, lentamente, mi sono rilassata, anche perché il padrone sembrava contento. Quando però, alla fine dello stage, mi ha chiamato nel suo ufficio, mi sono un po' agitata: non è che magari, senza accorgermene, avevo combinato qualche disastro? Niente di tutto questo: voleva chiedermi se volevo restare in fabbrica. Assunta, con uno stipendio fisso e tutto il resto: un sogno. Sono riuscita solo a balbettare un sì a bassa voce, facendo la solita figura da imbranata come in tutti i momenti più importanti della mia vita. La sera però sono tornata a casa cantando.

Ci metto poco ad andare al lavoro: la fabbrica sta a dieci minuti a piedi da casa mia. Abito ancora a Serban Voda, nello stesso palazzo di prima, ma al terzo piano. Da sola. Non è un appartamento sociale: quello del piano terra l'hanno chiuso da un pezzo, e noi ragazzi siamo stati smistati altrove. A me però questo palazzo piaceva: il giorno in cui ci ho messo piede per la prima volta è stato uno dei più emozionanti della mia vita. Così ho fatto di tutto per tornarci e, quando ho saputo che vendevano un bilocale, ho chiamato Lucia. «Vuoi ancora aiutarmi? Allora vieni a Bucarest.» È bastato un sopralluogo, e l'affare è stato fatto: i Severi hanno comprato l'appartamento, e io lo sto ricomprando da loro, a rate. Mi ci vorranno molti anni per pagarlo tutto, ma io lo sento già mio e la sera, quando torno dal lavoro, mi sembra di essere in paradiso.

La sera non esco spesso, anche perché sono stanchissima. Il lavoro è impegnativo, e certi giorni pesa ancora di più perché salto il pranzo. Dopo gli anni di strada non sono più riuscita a riabituarmi agli orari fissi. Il medico dice che dovrei mangiare di più e soprattutto con regolarità, ma io non ci riesco. Mi sgrida anche perché fumo troppo, ma alle sigarette non so davvero rinunciare.

All'università i corsi del primo anno sono quasi finiti, ma io ovviamente non posso più seguirli. Appena posso vado in facoltà, per procurarmi gli appunti delle lezioni e conoscere i professori: quando si aprirà la sessione estiva, vorrei sostenere qualche esame. Non sarà facile, ma voglio provarci; anche se la sera sono esausta e non ce la faccio ad aprire i libri, il sabato e la domenica cerco di recuperare.

Visto che sono quasi sempre a casa, mi capita spesso di ricevere visite: non solo quei casinisti dei miei ex compagni d'appartamento, ma anche Lucian, Dan e tutti gli altri. Non sono una grande appassionata di mobili, ma il divano ce l'ho, e anche un tavolo, loro portano la birra e la serata è fatta. Parliamo, facciamo progetti: abbiamo tutti molto tempo perso da recuperare.

Mi prendono in giro, perché ogni sera – prima o

poi – tiro fuori gli album delle fotografie fatte in tournée; ne ho già riempiti cinque, ma ho ancora molte foto da sistemare.

E Miloud? Scherza, dice che adesso faccio la signora, mi chiede se – quando smetterà di fare il pagliaccio – lo prenderò a lavorare con me. So che è contento della mia vita, anch'io lo sono, eppure mi mancano i giorni in cui stavamo appiccicati dalla mattina alla sera. Sembra impossibile, ma è così. Per noi che abbiamo ricominciato a vivere grazie a Miloud, imparare a stare senza di lui è stato molto difficile. Ci sentiamo come i bambini che fanno i primi passi: sono entusiasti, eppure non vedono l'ora di tornare tra le braccia della mamma.

Senza alcuna logica, pretenderemmo che fosse proprio Miloud a ritardare il nostro distacco e che, dopo averci insegnato a camminare, ci impedisse di farlo da soli.

Lui ci conosce, non fa caso ai nostri capricci. Ripete sempre che il modo migliore per renderlo felice è non avere più bisogno di lui, ma quel momento è ancora lontano, almeno per me. Non sono pronta a fare a meno della persona più importante della mia vita, e francamente non ho molta fretta di riuscirci.

Ero molto ansiosa, invece, di fare i conti con chi

i problemi me li aveva creati, da sempre. Quando ho cercato mia madre, erano quattro anni che non la sentivo. Stavolta però è stato tutto diverso, non ho aspettato che fosse lei a ferirmi, mi sono sbranata da sola. Ormai sapevo cosa dovevo fare, e ho giurato a me stessa di non alzare la cornetta prima di aver finito. Dovevo rivivere tutto quello che era successo, sezionare ogni singolo minuto vissuto con lei, le ferite più profonde, le umiliazioni più incancellabili. Dovevo smettere di considerarla un possibile rimedio dei miei guai, quando invece ne era sempre stata la causa. In certi momenti mi sentivo come un drogato in astinenza: la mia dose era una telefonata a Costanza, e pazienza se dopo sarei stata ancora peggio. Ho imparato a resistere, a risolvere i problemi senza chiedermi chi li avesse creati, a guardare solo avanti. Così, finalmente, ho smesso di compatirmi, e sono stata capace di compatire lei. Solo in quel momento le ho telefonato: lei è stata la stessa di sempre, ma io ormai ero un'altra.

Oggi mi sento proprio così: non migliore o peggiore, solo diversa. Non credo di avere niente di cui pentirmi, i rimpianti li lascio a chi in vita sua ha avuto sempre la possibilità di scegliere. C'è una cosa sola che mi dispiace: aver pensato, anche solo per poco, che per avere una vita normale avrei dovuto scappare da Bucarest. Oggi sono certa del contrario, e ne sono orgogliosa.

Raccontare la mia storia mi mette ancora in imbarazzo, ma non perché mi vergogno del passato. Il fatto è che non mi va di salire in cattedra, come se avessi compiuto chissà quale impresa. Ho ricominciato a vivere, questo sì, ma non ho formule magiche, né frasi a effetto da sparare in prima pagina. Quando mi chiedono cos'ho imparato in questi anni, mi viene voglia di girarmi dall'altra parte. Poi conto fino a dieci e rispondo, sempre nello stesso modo.

Se vuoi superare i brutti ricordi, è inutile che scappi. Devi costruirne di belli, e poi usarli per seppellire quelli vecchi. Io sottoterra ci sono rimasta abbastanza, adesso tocca a loro.

Appendice
Dove sono, cosa fanno

Per quanto riassunte e rielaborate, le vicende raccontate in queste pagine sono assolutamente reali, come i personaggi che ne sono protagonisti.

Corina oggi ha 28 anni, e lavora da tre anni nell'azienda tessile di Serban Voda, dove è diventata la responsabile del controllo qualità. Ma, soprattutto, è diventata dottoressa in Giurisprudenza: si è laureata a pieni voti il 14 febbraio 2006. Ha deciso di preparare l'esame di stato per entrare nell'Ordine degli avvocati.

Maria, sua madre, per ironia della sorte, si è trasferita in Italia, a Palermo, dove lavora saltuariamente come badante. Florin, il marito, è morto anni fa di cirrosi epatica, e anche Maria ha qualche problema di alcolismo. Madre e figlia si sono incontrate l'ultima volta alla fine del 2005, in Italia, e Maria ha cercato di farsi prestare una grossa somma. Il rifiuto di Corina ha provocato una reazione furibonda, e una nuova rottura tra loro.

Lucian ha fatto pace con sua sorella Kami, anche

perché la ragazza ha rotto con il suo fidanzato poco dopo la nascita del bambino; adesso vive fuori Bucarest con il piccolo e un'amica.

Lucian invece abita in città, in un monolocale, e ha vinto una borsa di studio finanziata da una famiglia italiana. Collabora con il Centro Diurno e ha finito la scuola professionale agraria, che però in Romania non consente l'accesso all'università. Ha deciso allora di prepararsi come privatista per conseguire la maturità agraria in Italia; sosterrà l'esame finale nel 2007, a giugno. Con questo titolo di studio, potrà finalmente iscriversi alla facoltà di Architettura dell'Università di Bucarest.

Dan lavora come animatore socio-educativo di Parada; vive con il suo cane Bimba, e ogni tanto viene ingaggiato da qualche locale del centro per vivacizzare con il suo spettacolo le serate più importanti. Anche se ha fatto decine di tournée, preferisce esibirsi da solo; le coreografie di gruppo lo fanno sentire in gabbia, perché ama la spontaneità, l'improvvisazione. Il suo fratellastro adesso ha otto anni, e resta la sua più grande passione. Sta mettendo da parte i soldi per un tour molto speciale: sogna di partire per l'Africa, per portare l'arte del circo e un sorriso ai bambini di quel continente.

Rafael è uno dei pochi ad aver recuperato completamente il rapporto con la famiglia; non ha mai più vissuto con i suoi genitori, ma li vede spesso e, con i risparmi accumulati nel corso delle tantissime tournée fatte, è riuscito a regalare a mamma e papà una casa vera, che ha preso il posto della terribile baracca in cui vivevano quando li ha conosciuti. Oggi lavora in una fioreria e collabora con un'associazione di famiglie rom. Vorrebbe creare una compagnia itinerante di artisti, per far conoscere la cultura gitana e abbattere i pregiudizi che, anche in Romania, sono molto radicati.

Mia vive in una comunità; ha seguito un corso per pasticcera, e lavora in un hotel di Bucarest. Ormai ha ventotto anni, ma ne dimostra quindici; adora dormire circondata da pupazzi di peluche, e spesso si comporta come una bambina. Due anni fa, in tournée, l'hanno convinta a vestirsi da donna: l'hanno truccata, pettinata e per la prima volta le hanno fatto indossare una gonna. Forse è stato il giorno più felice della sua vita.

Cristina, la ragazza aggredita e violentata durante l'assalto al Luna Park di Brancoveanu, non si è più ripresa. Si è lasciata andare, non ha più voluto partecipare ai tour, si è sfondata i polmoni con dosi terrificanti di colla. Corina, che la conosceva praticamente da sempre, ha cercato in ogni modo di aiutarla: ogni sera andava a cercarla, da sola o con la Caravana, la invitava al Centro Diurno, cercava di scuoterla in ogni modo. Una sera, finalmente è riuscita a strapparle una promessa: "Va bene, te lo giuro, lunedì vengo al centro." Probabilmente non avrebbe mantenuto l'impegno, in ogni caso non ne ha avuto il tempo: l'hanno trovata morta la sera dopo. Era il 9 dicembre 2003, un sabato. Al suo funerale c'erano tutti i boskettari della città: forse è stato il momento più triste della storia di Parada.

E Miloud? La novità più grande è anche la più recente: è diventato papà. La sua compagna Cecile, un'attrice parigina alla quale è legato da cinque anni, il 18 dicembre 2005 ha dato alla luce Nina. Oggi il fondatore di Parada si divide tra Parigi, dove abita la sua famiglia, e Bucarest, una città da cui ormai non potrebbe più staccarsi. Molto è stato realizzato, come l'apertura del nuovo Centro diurno, inaugurato il 2 aprile 2004 in Strada Bucur 23, e capace di accogliere fino a quaranta persone ogni giorno. È stato potenziato l'APEL, un ufficio che cerca di inserire nel mondo del lavoro i ragazzi con maggiori difficoltà. Il 7 settembre 2004 è stato inaugurato il progetto Agorà, un altro grande sogno di Miloud: si tratta di una scuola aperta a tutti i giovani che vogliono imparare l'arte del circo. I gravi problemi economici degli ultimi anni, acuiti dal notevole aumento del costo della vita in Romania e dalla perdita di valore dell'euro rispetto al leu, la moneta locale, hanno invece costretto la fondazione a ridurre il numero degli appartamenti sociali: ora sono tre, due per minori (assistiti da personale di Parada ventiquattr'ore su ventiquattro) e uno per maggiorenni. In totale i ragazzi ospitati sono quindici. Continua l'attività della Caravana e, naturalmente, proseguono le tournée: ogni anno ne vengono organizzate sei in Italia e una o due al massimo in Francia. Ogni tour italiano dura un mese, coinvolge ogni volta otto ragazzi diversi, e prevede due spettacoli al giorno sei giorni la settimana.

I fondi provenienti dall'Italia, frutto delle tournée e di altre donazioni private, garantiscono a Parada una cifra che oscilla intorno ai 15.000 euro mensili; per mantenere l'assistenza al livello attuale, però, ne servono almeno 24.000. Una cifra ragguardevole, ma giustificata dal fatto che ormai Parada garantisce una media di settecento interventi mensili: si va dall'ospitalità al Centro o in appartamento, fino al semplice aiuto per ottenere un certificato.

Secondo i dati ufficiali forniti dalle istituzioni romene, per le strade di Bucarest ci sarebbero ormai "solo" cinquecento ragazzi; le associazioni di volontariato attive nella capitale, però, ritengono che i giovani abbandonati a se stessi siano in realtà almeno mille. In ogni caso, si tratta di una situazione ben diversa da quella dei primi anni Novanta, quando si calcola che i ragazzi di strada fossero almeno tremila.

Di lavoro, comunque, ce n'è ancora moltissimo, e anche per questo nei mesi scorsi è nata Parada Italia, una nuova struttura che vede Miloud affiancato ancora una volta da alcuni operatori di COOPI e GRT. Gli obiettivi sono molteplici; da un lato si vogliono intensificare gli sforzi per raccogliere i fondi necessari a Bucarest; dall'altra, si progetta di prendere a modello l'esperienza romena per replicarla in altre zone dell'Europa e del Sud nel mondo.

Intanto il regista Marco Pontecorvo sta lavorando a un film sulla storia di Miloud e i ragazzi di Bucarest. L'inizio delle riprese è ancora lontano, ma una cosa è certa: del cast non farà parte Monsieur Oukili. Perché? Ce l'ha spiegato lui stesso: «Faccio Miloud già nella vita, non c'è bisogno di farlo anche al cinema.»

Ringraziamenti

Poche parole, ma sentite, per chi mi ha aiutato a raccontare questa storia.

Un grazie di cuore a Luisa Sacchi, che per prima ha creduto nell'idea di un libro sui ragazzi di Bucarest, e ne ha reso possibile la realizzazione.

A Miloud e ai ragazzi che ho avuto il piacere di conoscere e ascoltare: Corina, Lucian, Dan e molti altri.

Allo staff di COOPI, Parada e GRT: in particolare a Marco Chiesara, Assunta Ruffini, Franco Aloisio, Michele Romano, Loris Panzeri, Elena Delbò.

A Silvia Baraldi, preziosa guida e interprete durante il mio soggiorno a Bucarest.

A Patrizia, per l'incoraggiamento e gli ottimi consigli.

Un caldo ringraziamento, infine, a tutti quelli che decideranno di sostenere la causa di Parada Italia: ne vale davvero la pena.

Parada Italia

c/c 117354 Banca Etica – Agenzia di Milano

ABI 05018 CAB 01600 CIN X

Finito di stampare nel mese di maggio 2006
presso TIP.LE.CO
via S. Salotti, 37 - S. Bonico (PC)